construtores de asas

construtores de asas

adeilson salles

InterVidas

catanduva sp 2024

quando eu tiver setenta anos

paulo leminski

quando eu tiver setenta anos
então vai acabar esta minha adolescência

vou largar da vida louca
e terminar minha livre docência

vou fazer o que meu pai quer
começar a vida com passo perfeito

vou fazer o que minha mãe deseja
aproveitar as oportunidades
de virar um pilar da sociedade
e terminar meu curso de direito

então ver tudo em sã consciência
quando acabar esta adolescência

Sumário

prefácio
maria claudia söndahl rebellato
14

prefácio
construtores de asas
18

apresentação
duas imagens no espelho
24

capítulo 1
pai, professor, me deixem falar!
34

capítulo 2
respeitando o sofrimento emocional da criança e do adolescente
42

capítulo 3
a pedagogia da conversa
52

capítulo 4
ouvindo silêncios
58

capítulo 5
autoridade ou autoritarismo?
64

capítulo 6
"aborrescente?"
72

capítulo 7
coerência na educação
78

capítulo 8
não quero essa vida
84

capítulo 9
educadores tóxicos
90

capítulo 10
convivência, educação e violência
98

capítulo 11
o olhar que falava
108

capítulo 12
educação na escola e educação na família
116

capítulo 13
filhos diferentes, educação diferente
124

capítulo 14
a pior pessoa da família
132

capítulo 15
a influência das mídias na educação
140

capítulo 16
jogos eletrônicos
146

capítulo 17
aproximar-se do mundo dos adolescentes
156

capítulo 18
uma fala sobre sexo em sala de aula
162

capítulo 19
o pedido de socorro dentro de casa
170

capítulo 20
o garoto transgênero
176

capítulo 21
**a profissão dos pais
e a profissão
dos filhos**
182

capítulo 22
**a falta de confiança
dos pais**
188

capítulo 23
**drogas na sala
de aula**
196

capítulo 24
**professores
fragilizados**
204

capítulo 25
**alunos
rotulados**
210

capítulo 26
afeto × foice
220

capítulo 27
**amor
não se
disputa**
226

capítulo 28
**não me aceito como
sou, não aceito
minha escola**
232

capítulo 29
**talento
escondido**
238

capítulo 30
**quando meu filho
me disse que era
minha filha...**
246

posfácio
**pais
e professores**
254

prefácio
maria claudia söndahl rebellato

"**Construtores de Asas**" é um presente que Adeilson nos dá.

Leio estas páginas com a impressão de que posso ouvi-lo falar, mesmo acomodada no sofá de minha casa.

Como é leve e fluida a sua fala... Quantas são as histórias contadas por ele que nos levam a refletir, inclusive sobre nossos papéis sociais, seja como filhos, seja como pais, seja como professores.

Alguns trechos do livro tocam o fundo do meu coração, como o que aborda "ouvir os filhos pela percepção dos sentimentos". Será que, de fato, ouvimos nossos filhos com essa percepção?

Adeilson traz a escuta como algo primordial em nossa vida. Não há dúvida de que a falta dela tem complicado as relações no mundo atual.

Construtores de asas: humanizando a relação entre pais, professores e adolescentes é uma obra jovem, necessária e atual.

Gratidão, Adeilson, por ser o porta-voz dos jovens que pedem para ser vistos, sentidos, ouvidos e amados.

Espero que este livro impacte você como impactou a mim.

MARIA CLAUDIA SÖNDAHL REBELLATO
Pedagoga especialista em alfabetização,
psicologia positiva e felicidade.

Adeilson traz a escuta como algo primordial em nossa vida. Não há dúvida de que a falta dela tem complicado as relações no mundo atual.

"Construtores de Asas: Humanizando a Relação entre Pais, Professores e Adolescentes" é uma obra jovem, necessária e atual.

Gratidão, Adeilson, por ser o porta-voz dos jovens que pedem para ser vistos, sentidos, ouvidos e amados.

prefácio
construtores de asas

Certa noite, tive um sonho.

Sonhei que estava em frente a uma escola, e as cenas que se desenrolaram diante dos meus olhos despertaram no meu coração grande curiosidade.

Nessa escola havia duas portas; placas indicavam que uma era de entrada e a outra era de saída.

As crianças chegavam pequenas ao ensino básico, entravam na escola com apenas uma asa – que traziam do lar –, e, depois de permanecerem por algum tempo, saíam adolescentes. Algo me impressionou: todos os alunos saíam com duas asas nas costas.

De imediato, ao saírem de lá, alguns já batiam suas asas e alçavam voos fascinantes e vigorosos. Já outros se debatiam na tentativa de voar, e eu percebia que uma das asas de cada um desses jovens era diferente: mirrada, pequena, por isso seus voos não atingiam grandes alturas. Assim, logo voltavam a pousar no chão. Tinham o semblante um tanto triste pela dificuldade de alcançar maiores altitudes.

Senti, em meu coração, a curiosidade aumentar. Desejava saber o que acontecia dentro daquele lugar. Então, decidi espionar e me aproximei das janelas.

Oh! Que surpresa!

Foi emocionante o que meus olhos contemplaram: ao entrar, as crianças eram encaminhadas para salas em que professores estavam à sua espera. Todas elas usavam um estranho uniforme em que se lia:

construtores de asas

Maravilhado, descobri que eram os professores que forneciam as asas da sabedoria para as crianças, que cresciam e se tornavam jovens voadores.

Foi aí que me dei conta de que eu também devia ter asas.

Fiz um esforço para tocar as minhas costas; estiquei o braço e... pude senti-las! Elas estavam lá, e eu nunca havia percebido!

Minha inquietação aumentou, porque eu desejava saber como as asas nasciam, se eram coladas ou pregadas, talvez costuradas ou ainda grampeadas nas costas dos alunos.

•

Este livro trata de "construtores de asas" – pais e professores – e de jovens pássaros.

A vida moderna vem ocupando demasiadamente os pais que, por vezes, não se dão conta da arte muito especial que é ajudar a construir as asas de valores éticos e morais de seus filhos, para que eles possam voar, com segurança na vida, em direção aos mais altos sonhos.

Os filhos, por sua vez, conectados às ilusões que alimentam o medo do voo, esquecem-se de que são pássaros destinados a voar pelo céu das próprias escolhas.

Toda criança, por sua natureza voejante, carrega em si a aspiração a grandes voos, mas, na arte de voar, ela precisa ser instrumentalizada pela família e pela escola.

A mitologia grega nos fala de Dédalo, que foi preso com seu filho Ícaro em um labirinto. Após pensar muito em como fugiriam dali, Dédalo decidiu construir asas artificiais a partir da cera do mel de abelha e de penas de gaivota. Dessa forma, conseguiram fugir do tenebroso labirinto, mas, antes de empreenderem o voo para a liberdade, orientou Ícaro a não voar perto do sol, para que as asas não derretessem, e nem perto do mar, para que as asas não se molhassem e pesassem, impedindo a continuação do voo.

No entanto, Ícaro não quis seguir os conselhos do pai e, ao voar próximo ao sol, suas asas derreteram e ele caiu no mar Egeu.

Chorando porque seu filho não soube voar até onde suas asas permitiam, Dédalo voou para a liberdade.

O mesmo acontece com muitos "pássaros" adolescentes, que caem no mar das ilusões porque se aproximam em demasia do sol inclemente da ignorância humana.

Educar é dar asas. É ensinar a voar com equilíbrio. Pais e professores são construtores de asas, e não existe pássaro que possa voar seguramente sem que ambas as asas sejam vigorosas, e construídas com penas de afeto, cultura, disciplina e amor, além de respeito mútuo entre construtor e pássaro.

ADEILSON SALLES
Escritor, psicanalista e palestrante.

Educar é dar asas. É ensinar a voar com equilíbrio. Pais e professores são construtores de asas, e não existe pássaro que possa voar seguramente sem que ambas as asas sejam vigorosas, e construídas com penas de afeto, cultura, disciplina e amor, além de respeito mútuo entre construtor e pássaro.

apresentação
duas imagens no espelho

Falar sobre esse período muito especial do desenvolvimento humano que é a adolescência requer muito tato e sensibilidade; por isso, minhas palavras traduzem o meu aprendizado. São sentimentos e emoções que pais, professores e adolescentes vêm me oferecendo ao longo dos anos.

Em educação, podem existir alguns métodos, mas não há uma receita específica, porque cada adolescente é um universo de emoções e sentimentos próprios.

Considero que, tanto no lar quanto na escola, a vida do adolescente se espraia no acúmulo das experiências mais significativas e na estruturação de sua subjetividade.

Os pais, tanto quanto os professores, são parceiros no processo de desenvolvimento do ser integral. Por isso, o lar e a escola são os espaços do grande aprendizado no campo psíquico e na formação intelectual dos adolescentes, e é nessa conjuntura que alegrias e tristezas se expandem.

Nessa fase, valores éticos e morais são desenvolvidos, assim como traumas e dificuldades, que serão levados por toda a vida.

Em alguma medida, os filhos herdam traumas de pais traumatizados, mas a escola também é ambiente de conflitos em uma sociedade em construção. E essa é a razão pela qual abordarei assuntos e casos que permeiam os dois universos: o escolar e o familiar.

Tanto pais quanto professores são construtores de asas. Todavia, são os pais, em tese – por conviverem mais tempo com seus filhos –, que têm mais oportunidades de ouvir o que se passa na intimidade do coração de suas crianças e adolescentes.

Nas minhas experiências de atendimento de garotas e garotos, não prescindo de uma boa história para adentrar esse terreno delicado que são os corações adolescentes. Assim, faço o mesmo no início deste livro: reproduzirei agora uma história que escrevi após a leitura do conto *Duas imagens num tanque*, do escritor italiano Giovanni Papini, nascido em Florença em 9 de janeiro de 1881, e falecido na mesma cidade em 8 de julho de 1956.

Refletindo sobre os vestígios da minha adolescência, que em mim sempre existirão, e sobre os meus analisandos adultos, que não conseguem ter uma vida emocional saudável sem o encontro com o adolescente asfixiado que neles existe, escrevi:

> Certo homem, que sempre havia sido muito refratário na busca de ajuda médica para lidar com qualquer dificuldade, viu-se obrigado a procurar auxílio, pois o fato inusitado que lhe acontecera só poderia ser compreendido no terreno da alucinação.
>
> Havia algum tempo, que ele não sabia precisar quanto, que o sono o abandonara de madrugada, e a cama tornara-se tão inadequada que parecia querer expulsá-lo do repouso.
>
> Em uma dessas madrugadas, foi até o banheiro e decidiu lavar o rosto, mas sentiu-se um tanto confuso, resultado do cansaço físico, e, certamente, da fadiga emocional que a insônia promovia.

Secou o rosto diante do espelho e, no instante em que decidiu observar as olheiras que vinham se acentuando nos últimos dias, levou um susto. Além da própria imagem refletida, havia uma outra, bem mais jovem.

— Estou enlouquecendo? – indagou-se em voz alta. – Quem é você?

A imagem no espelho respondeu, e ele sentiu que a voz ecoou dentro da sua cabeça:

— Queria conversar, alguém que me ouvisse, que me deixasse falar.

— Mas a esta hora? Como entrou aqui?

— Eu moro aqui!

— Estou tendo alucinações? Como, "moro aqui"?

— Me deixa falar?

— Falar o quê?

— Contar o que eu sinto, preciso tanto falar...

— Depois você vai embora? – ele pediu, entrando na história.

— Quero falar!

E aquele personagem, adolescente, começou a falar sem parar.

E o homem se cansava, porque estava ouvindo muitas bobagens, coisas sem importância. Como era possível um adolescente ter sonhos tão malucos e falas tão vazias de sentido? Como era possível experimentar tanta intensidade nos sentimentos?

Mas o jovem não parava de falar, e a paciência do homem se esvaiu rapidamente.

— Você pode calar a boca?

— Eu queria que alguém me ouvisse...

E a falação continuava, revelando tantas coisas pueris, tantas emoções, tantos sentimentos aprisionados...

O homem foi ficando tão angustiado com tudo o que ouvia que terminou por perder a cabeça, desejando asfixiar aquele garoto para fazê-lo se calar.

Foi então que algo surpreendente aconteceu. Bastou ele desejar que, ao contemplar sua imagem no espelho, viu-a asfixiando o personagem inoportuno.

E, à medida que ele apertava o pescoço do garoto, os traços daquela face desapareciam, até que o adolescente perdeu a identidade.

O homem pareceu saciar-se ao ver aquele indesejável personagem desaparecer diante dos seus olhos. E, no instante em que a morte do adolescente se evidenciou, o impaciente "assassino" despertou em sua cama, sentindo-se sufocar e com suas mãos apertando o próprio pescoço.

O que essa história tem a ver com as reflexões deste livro?

A experiência nos mostra que a grande barreira existente nas relações humanas é a dificuldade de encontrar pessoas com boa vontade para a escuta, que estejam dispostas a ouvir o que o outro tem a dizer. Neste meu trabalho, refiro-me à angústia experimentada por pais, professores e adolescentes por não serem ouvidos.

Temos dificuldades no relacionamento com adolescentes porque asfixiamos a nossa adolescência, porém, não a matamos, pois ela segue latente em algum lugar dentro de nós, no coração dos pais e professores, até o momento em que a vida pede que ela se revele.

Falta, muitas vezes, assertividade na exposição das ideias, que sempre vêm acompanhadas da ausência de paciência entre as partes.

Pais e educadores não aceitam que suas falas "educativas" sejam confrontadas pelo adolescente, que eles julgam estar sempre em posição inferior e ser inaptos a participar do próprio processo educativo.

"Me deixem falar!" é um pedido que muitos corações infantojuvenis fazem silenciosamente a seus pais e professores, no sentido de desejarem manifestar o que vivenciam em seu psiquismo, em seu coração, mas que poucos estão preparados ou dispostos a ouvir. É uma manifestação nem sempre verbalizada devido à fala, por vezes, opressiva dos educadores. Mas ela é sempre evidenciada por meio de um olhar, de um gesto silencioso ou da atitude de isolamento de quem solicita ajuda e merece respeito.

Sim! O pedido de escuta pode estar no silêncio que eles manifestam, no afastamento gradativo, na irritação continuada, na falta de interesse por coisas e situações que antes eram primordiais na rotina de vida.

A elaboração de relacionamentos saudáveis passa pela escuta do outro; caso contrário, não estaremos instrumentalizados para conhecer o nosso interlocutor. Então, quando nossos filhos pedem a palavra é muito significativo que prestemos atenção ao que está além do que eles desejam verbalizar.

Os filhos são seres racionais e emocionais tanto quanto os pais e os seus educadores. Eles elaboram, concluem e sentem de forma muito clara a maneira refratária ou acolhedora com que são tratados. Assim, esse "Me deixem falar!" também pode significar: "Me deixem existir na relação".

Sabemos que o espaço escolar nem sempre prioriza as questões emocionais dos jovens, mas não existe uma linha demarcatória que separe esses ambientes, e, por vezes, professores sensíveis às dores emocionais de seus alunos oferecem seus ouvidos e sua atenção para os fragilizados em suas relações familiares.

Iniciei esta proposta educativa contando uma história porque cada um de nós é, de certa forma, um livro singular, com algumas histórias felizes e outras nem tanto.

Minha rotina de trabalho no contato com pais, filhos e professores revela que, embora os personagens envolvidos estejam dentro de um contexto único, a convivência é permeada de um certo distanciamento, e isso contribuiu para fragilizar a relação. Essa realidade pede a construção de pontes de tolerância entre os corações.

Pais e professores, mesmo que não desejem, trazem para a relação com seus filhos e alunos as digitais emocionais da educação que receberam e, assim, terminam por expressar traumas e dores nas práticas pedagógicas do dia a dia.

A angústia existe dos dois lados e pode estar muito bem disfarçada. Muitos adultos já se angustiaram por não poderem falar de seus sofrimentos quando adolescentes; por isso, com este livro, desejo abrir a porta da compreensão dos adolescentes angustiados e esquecidos ao longo do tempo.

A experiência nos mostra que a grande barreira existente nas relações humanas é a dificuldade de encontrar pessoas com boa vontade para a escuta, que estejam dispostas a ouvir o que o outro tem a dizer. Neste meu trabalho, refiro-me à angústia experimentada por pais, professores e adolescentes por não serem ouvidos.

capítulo 1
pai, professor, me deixem falar!

Na maioria das relações humanas existe sempre um lado que, mesmo involuntariamente, procura manter ascendência emocional sobre o seu interlocutor.

Quando se trata da educação dos filhos, essa atitude está mais presente porque o educador acredita ser o portador de todo o conhecimento e toda a sabedoria que garantirá felicidade aos educandos.

Esse entendimento é muito comum, mas não traz nenhuma garantia de desenvolvimento de uma educação saudável.

Processos educativos não são práticas unilaterais em que se deva observar e acatar apenas as "ordens" vindas dos responsáveis pela educação. Educar é permutar e, portanto, não é uma via de mão única.

Uma das maiores virtudes que um pai pode ter é a de ouvir o filho com sensibilidade para perceber o que ele evidencia por meio de suas emoções.

A capacidade de um educador se revela em sua compreensão, e, mesmo havendo um conteúdo programático a cumprir, cada aluno absorverá a matéria dada de acordo com sua capacidade cognitiva, que depende do seu contexto emocional (lembre-se de que não existe aprendizado saudável para quem está adoecido emocionalmente).

A escuta dos pais não se restringe apenas ao aparelho auditivo, mas, principalmente, à percepção sensível ao ouvir os filhos, e isso cabe ao coração.

Um educador sensível percebe que o aprendizado não está vinculado apenas à teoria do psicólogo norte-americano Howard Gardner quanto à questão das inteligências múltiplas, pois, a depender do estado emocional do aluno, sua capacidade cognitiva estará fragmentada e, portanto, sem condições de absorver qualquer conteúdo.

É preciso sentir o que se passa na intimidade daquele ser que amamos e que tem nos pais os personagens mais marcantes de suas principais referências emocionais.

Na escola, o professor não tem como auscultar as emoções de uma turma inteira, mas, com sua experiência e sensibilidade, consegue, muitas vezes, identificar claramente o estudante que apresenta um comportamento emocionalmente desequilibrado.

Certa vez, minha filha teve uma decisão importante a tomar sobre sua carreira. Quando tomei conhecimento do dilema, passei a discursar sobre as vantagens e desvantagens que, sob *o meu ponto de vista*, a situação apresentava.

Depois de me ouvir pacientemente e ser asfixiada pela minha fala opressora, ela respirou fundo e me disse: "Pai, eu também sei pensar!".

As palavras contundentes e assertivas da minha filha me mostraram que educar é, principalmente, ouvir e manifestar empatia, e promoveram em minha mente uma grande transformação como ser humano e como pai.

Eu, tanto quanto ela, precisava me educar e, a partir dali, entrei em um processo de aprendizado para ser um novo pai, muito mais empático, mas que levaria alguns anos para nascer.

A fala orientadora, precedida pela escuta que acolhe, torna-se urgente. É preciso ouvir sem reprimir para que os filhos se mostrem como são, em um processo de confiança. Ordens impostas nos remetem ao autoritarismo, que nunca promove atitudes colaborativas.

Quando constrangemos os nossos filhos ou alunos com falas hostis como "Você não sabe de nada! Acha que pode me ensinar alguma coisa?"; "Quando você vinha com a farinha eu já estava comendo o pão"; "Cala a sua boca, porque eu não pedi a sua opinião", manifestamos ignorância e desrespeito, acima de tudo.

As palavras desrespeitosas criam rupturas e a perda de confiança dentro da relação, além de dificultar manifestações espontâneas por meio das quais nossos filhos e alunos se desenvolveriam satisfatoriamente.

A ação de ouvir filhos e alunos permite que pais e educadores ouçam a si próprios nas respostas emocionais dadas por eles.

Processos educativos não podem ser padronizados ao longo do tempo porque aspectos socioculturais precisam ser levados em consideração na arte de educar. Um pai ou um professor da década de 1970 teria imensa dificuldade em se relacionar com os educandos desta nossa era tecnológica.

Tanto pais quanto professores devem abolir a crença de que todo processo pedagógico é estático e de que o seu discurso deve ser imutável. É evidente que alguns valores éticos e morais não se modificam nunca, mas a forma pela qual devemos passar esses valores para os nossos educandos deve estar pedagogicamente adequada ao contexto da vida que eles têm agora.

É urgente que os processos de escuta norteiem o caminho a ser seguido na conexão com os educandos. Quem não escuta, não educa! Quem não escuta, não conhece!

Processos educativos não são práticas unilaterais em que se deva observar e acatar apenas as "ordens" vindas dos responsáveis pela educação. Educar é permutar e, portanto, não é uma via de mão única.

A ação de ouvir filhos e alunos permite que pais e educadores ouçam a si próprios nas respostas emocionais dadas por eles.

É urgente que os processos de escuta norteiem o caminho a ser seguido na conexão com os educandos.
Quem não escuta, não educa!
Quem não escuta, não conhece!

capítulo 2
respeitando o sofrimento emocional da criança e do adolescente

Um verso da canção "Como Nossos Pais", composta pelo saudoso e vanguardista Belchior, é o ponto de partida das próximas reflexões.

... Ainda somos os mesmos e vivemos como nossos pais...

O conhecimento humano não é estático e concreto, ao contrário: conhecer é um constante metamorfosear de conceitos no incessante aprendizado da vida.

Aquele que não se predispõe a aceitar a realidade das mutações pedagógicas está fadado ao isolamento e a alimentar discursos autoritários e preconceituosos.

Não obstante isso seja realidade, muitos pais e educadores se mantêm na condição de herdeiros dos traumas e conflitos emocionais de seus próprios genitores, avós, bisavós...

Essas práticas e esses hábitos herdados são, involuntariamente, transferidos para os filhos, que, por sua vez, os passarão adiante a seus descendentes.

Entre esses atavismos educativos está a dificuldade de compreender que todo ser humano vivencia suas dores psíquicas e que isso independe de idade. Dessa forma, a maioria de nós cresce engasgada com palavras não ditas, sentimentos angustiantes, além do pior dos sofrimentos: a dificuldade de falar sobre a dor que sente.

Em alguma medida, muitos educadores não estão acostumados a considerar manifestações de sofrimento vindas da criança e do adolescente, e barganham brinquedos, guloseimas e horas diante do computador ou do celular, acreditando que é o que basta para que sigam vivendo.

Grande parte dos pais e professores entende que os sofrimentos da criança se manifestam apenas nos estados febris ou nas enfermidades físicas. Mas um olhar atento revela que a criança manifesta suas dores emocionais por meio da relação com os brinquedos que escolhe, e em comportamentos nos instantes em que supostamente está alheia ao mundo.

As dores psíquicas de uma criança não podem ser diagnosticadas por termômetros e exames laboratoriais, embora os estados psíquicos de sofrimento possam se manifestar por meio do adoecimento orgânico somatizado de diversas formas.

Todo ser humano saudável necessita equilíbrio nas três instâncias que caracterizam sua realidade: a física, a mental e a espiritual.

As crianças não conseguem nomear seus sentimentos e sofrimentos; portanto, a birra, a rebeldia e o choro constante podem ser sinais claros de que algo não anda bem na instância emocional do ser em formação. O brinquedo favorito passa a ser desprezado e até odiado, o que pode ter relação direta com seus sentimentos e dores emocionais.

Já os adolescentes experimentam uma fase de desenvolvimento extremamente volátil, e passam horas, dias, em uma verdadeira gangorra de alegrias e tristezas, sonhos e frustrações.

O fato de os adultos terem asfixiado os adolescentes que eles mesmos foram os impede de enxergar nos filhos as dores emocionais que também viveram. É como se existissem lacunas no psiquismo dos educadores pelo fato de também não terem experimentado uma ação respeitosa por parte dos seus educadores na vivência dos próprios sofrimentos.

Desde cedo, nos acostumamos a permutar carências por objetos, haja vista a utilidade da chupeta e de toda a sorte de recursos que utilizamos para aquietar a criança que chora, que pode estar com fome ou mal-acostumada com o seio da mãe a toda hora, ou sofrendo porque os pais têm o hábito infantil de se tratar aos berros próximo ao ouvido da criança.

Quando nossos filhos chegam à adolescência, a chupeta se transforma em celular ou em aparelhos eletrônicos da moda.

É claro que cito aqui um exemplo muito simples, mas é preciso notar que tudo o que acontece dentro dos campos de percepção da criança e do adolescente termina por afetar o seu desenvolvimento emocional.

Educadores inseguros transmitem insegurança; educadores medrosos transmitem medo; educadores preconceituosos transmitem preconceito; educadores fanáticos transmitem fanatismo – seja no esporte, seja em qualquer outra prática de vida.

É claro que essa realidade não significa condenação e repetição desses modelos que castram e inibem o desenvolvimento saudável do ser humano. Mas é muito importante refletirmos sobre nossa contribuição para as dores psíquicas dos nossos educandos ao utilizarmos conceitos educativos que padronizam e formatam o comportamento de um ser que está sendo confrontado com alguns valores que se chocam com sua estrutura psicológica.

Evidentemente, as crianças não trazem consigo uma bula quando nascem; todavia, é preciso refletir se o processo educativo delas, que são únicas e singulares, deve ser o mesmo dos pais.

Por outro lado, o adolescente que surge na sala de casa confrontando a "legislação doméstica" instituída pelos pais é resultado do que aprendeu e recebeu como exemplo no período infantil.

Outro exemplo: talvez aquele aluno que queira "aparecer" em sala de aula vivencie processos de rejeição em família. E nada é pior para o ser humano do que a rejeição.

A intenção dos pais, teoricamente, é a melhor. Mas até que ponto essa intenção não está eivada dos conflitos e das dores desenvolvidos por uma prática educativa limitante que vem de longe?

Enxergamos de fato a criança como ela é ou vemos o que nela projetamos como resultado do nosso ideal educativo?

Quando contemplamos o adolescente, buscamos olhar para além do que aquele personagem revela diante dos nossos olhos?

Crianças e jovens não são máquinas de repetição, que atenderão prontamente a tudo o que deles for exigido. Todos temos necessidades emocionais que nos diferenciam uns dos outros.

Dois filhos dos mesmos pais apresentam realidades cognitivas muitas vezes antagônicas e desafiadoras, ou seja, a capacidade de compreender a vida pode ser bem diferente para um e para outro, que, por sua vez, pode ser muito diversa da compreensão dos seus educadores. Existe uma solução mágica para lidar com esse desafio?

É claro que não! Eu diria que *educar se aprende educando* e não repetindo modelos carregados de autoritarismo e verdades absolutas.

O mais importante é sempre nos indagarmos se não estamos vivendo e passando para os nossos educandos os equívocos vindos de uma educação castradora.

A criança não traz em seu psiquismo vetores que possam lhe servir de parâmetro para a tomada de qualquer decisão, pois esses vetores serão construídos consoante o seu desenvolvimento e a educação recebida desde o berço. A princípio, ela busca apenas a satisfação das suas necessidades básicas, na nutrição do corpo e na nutrição afetiva, em geral ofertadas pela mãe. É a partir da sua relação com o mundo exterior que seus vetores psicológicos vão se desenvolvendo e, assim, sua subjetividade vai sendo constituída.

A permissividade excessiva gera dependência, e, por não saber expressar seus sentimentos, a criança grita e chora para ter suas necessidades atendidas.

O universo psíquico dos pais se confunde com o da criança que, em dado momento, tem necessidade de limites e de frustrações que um simples "não" pode oferecer de forma saudável.

É na condução educativa da criança, que fica à mercê do mundo dos adultos, que começam a se estabelecer os primeiros confrontos psíquicos. Alguns educadores acreditam que a criança alimentada e higienizada tem todas as suas necessidades atendidas, o que não é verdade.

Se o comprometimento educativo dos pais se mostra apenas dentro do atendimento daquilo que é básico para a satisfação das carências orgânicas, a ruptura acontece sutilmente, e os velhos modelos educativos ganham espaço na relação. Dentro dessa realidade, a orfandade emocional passa a ser uma condição da criança, que é vista como um ser que necessita "coisas" para não dar trabalho. Inicia-se, então, a transferência dos traumas e conflitos, de maneira silenciosa e imperceptível.

Claro, os pais têm seus afazeres e compromissos, mas, uma vez que sejam cumpridos, é preciso que, de fato, estejam junto aos seus filhos. Mais do que isso, é imprescindível que participem profundamente da vida de crianças e adolescentes.

Os sofrimentos e traumas se instalam por meio da distância quilométrica que pode existir entre pais e filhos, mesmo que vivam na mesma casa.

O silêncio também traumatiza, a ausência gera desprezo, a falta de interesse revela desamor, e não há dúvida de que tanto a criança quanto o adolescente sofrem muito.

A criança não sabe expressar o que sente, pois não consegue nomear as próprias angústias. Por isso é muito perigoso minimizar seu sofrimento psíquico, que pode ter como causa as práticas educativas limitadoras dos pais.

O adolescente, que invariavelmente experimenta um turbilhão de emoções, tem dificuldade de administrar e identificar com clareza as angústias que o afetam, mas é muito importante para qualquer ser humano, independentemente de idade, poder falar das suas dores, mesmo que falte clareza para expressá-las.

Para estabelecer uma relação saudável entre educadores e educandos é imprescindível que aprendamos a respeitar o sofrimento emocional dos personagens envolvidos na relação.

As crianças não conseguem nomear seus sentimentos e sofrimentos; portanto, a birra, a rebeldia e o choro constante podem ser sinais claros de que algo não anda bem na instância emocional do ser em formação.

Já os adolescentes experimentam uma fase de desenvolvimento extremamente volátil, e passam horas, dias, em uma verdadeira gangorra de alegrias e tristezas, sonhos e frustrações.

Para estabelecer uma relação saudável entre educadores e educandos é imprescindível que aprendamos a respeitar o sofrimento emocional dos personagens envolvidos na relação.

capítulo 3
a pedagogia da conversa

Uma vez que nossa prática educativa seja baseada na escuta, teremos condições de ser mais assertivos em nossas falas e atitudes. *É preciso aprender a ouvir para melhor falar.* Sem opressão e recriminação ofensiva, a relação crescerá e permitirá que os educandos se desnudem emocionalmente.

Não se trata de ser permissivo, mas de atuar de maneira pontual no momento de chamar a atenção, corrigir ou elogiar.

Educar assertivamente não é humilhar o educando na frente dos amigos ou constrangê-lo com comparações descabidas diante de outros membros da família.

Estabelecida uma relação de respeito, ao educador basta falar com seriedade para que se desenvolva uma repercussão no mundo íntimo do educando. Autoridade sempre, autoritarismo nunca.

É claro que existem crianças e jovens que pedem mais disciplina, mas não podemos nos esquecer de que a educação é uma prática de repetição contínua. Humilhar os filhos ou alunos na frente das pessoas com as quais eles se relacionam certamente desencadeará processos de rebeldia e de baixa autoestima com consequências danosas para a sua formação emocional.

Vale comentar que educar não é um processo de formatação de mentes ou uma ação com resultados matemáticos (lembre-se de que estamos lidando com a complexidade de um ser emocional em formação, singular e único).

Essa rotina é cansativa, por isso os que decidem ser pais e professores devem refletir claramente sobre as exigências que tal projeto exige.

É possível que falte paciência, e que o cansaço e o desânimo cheguem; o que não pode faltar é amor. Se não houver amor, os construtores de asas se tornarão deformadores de voos promissores.

A pedagogia da conversa abandona as práticas asfixiantes dos educadores que falam, falam e apenas falam. Se apenas o educador fala, mesmo tendo a melhor das intenções, a chance de que sua influência se dilua é enorme.

Muitos adolescentes com os quais converso são unânimes em dizer a mesma coisa: "Meus pais não mudam o discurso, porque eles falam sempre a mesma coisa. É o mesmo blá-blá-blá".

É preciso mudança e percepção por parte de pais e professores, já que os educandos não são massas de modelar nas quais podemos imprimir a nossa visão de mundo. A visão do educador deve ser carregada de empatia, ou seja, ele precisa ir ao mundo do educando, e não querer trazê-lo para o seu mundo adulto.

Existem pais que não se dão ao trabalho de perceber as qualidades e as limitações dos filhos, e acreditam que eles devem atender exatamente a todas as suas exigências.

Da mesma forma, existem professores que dispõem de uma didática excepcional, todavia, o aluno não consegue absorver a linguagem expressada em aula.

Onde está o problema?

O problema não reside em quem ensina nem em quem estuda. São universos distintos que se encontram em sala de aula, mas cada qual dentro de um contexto emocional distinto, que pode facilitar o aprendizado ou ser barreira impeditiva naquele momento específico.

Situações assim controversas podem gerar uma visão refratária de ambos os lados.

O educando crê que o educador não explica bem a disciplina, e o professor entende que o aluno carrega alguma limitação.

Não existem receitas miraculosas para a prática educativa, mas, sem dúvida alguma, quem conversa respeitosamente tem mais chances de administrar uma educação coerente e assertiva. O segredo sempre está na maneira com que se dá a comunicação entre os personagens.

Por vezes, pais, professores e educandos se entrincheiram, preparados para uma guerra em que todos sairão perdedores.

A pedagogia da conversa abandona as práticas asfixiantes dos educadores que falam, falam e apenas falam. Se apenas o educador fala, mesmo tendo a melhor das intenções, a chance de que sua influência se dilua é enorme.

Não existem receitas miraculosas para a prática educativa, mas, sem dúvida alguma, quem conversa respeitosamente tem mais chances de administrar uma educação coerente e assertiva.

capítulo 4
ouvindo silêncios

Quem acredita que o silêncio pode dizer alguma coisa?

O silêncio revela inúmeros estados emocionais que gritam: medo, melancolia, revolta, irritação, insegurança e tantos outros...

Crianças e jovens têm dificuldade para disfarçar o que lhes vai no campo emocional, e, mesmo silenciando, evidenciam os estados de alegria ou dor que cultivam em si.

Processos depressivos, automutilação e ideação suicida são estados aflitivos que compõem muitos quadros familiares, e pais podem não perceber o que se passa ao seu redor, no sofá de casa, na mesa de refeições.

Um dos processos mais comuns é o de isolamento, quando o adolescente faz do quarto o seu mundo e o seu refúgio.

O quadro, muito corriqueiro nos dias de hoje, pode ser a moldura de fobias emocionais desenvolvidas por muitas causas, que podem ter sua gênese na dificuldade de comunicação com pais e professores.

A relação com os pais não se corrompe do dia para a noite, e em sua complexidade pode revelar que a maneira como os genitores se tratam mutuamente é um dos fatores significativos que contribui para o estabelecimento desses quadros silenciosos e dolorosos que fragilizam a criança e o adolescente. Dessa forma, o mutismo provocado pelo estado emocional dos filhos pode ser um processo de defesa ou de dor ante o relacionamento conturbado, e de carência de uma comunicação mais assertiva com os pais.

Os pais fingem que se amam e os filhos fingem que acreditam. Em situações como essas, os membros da família vivenciam uma solidão compartilhada, em que todos estão dentro do lar, mas cada qual habita um universo de interesses emocionais diferentes. Se os pais estiverem presentes na vida dos filhos, interessando-se por tudo o que a eles ocorre, esse silêncio pode ser quebrado. Daí a necessidade de prestar atenção ao que eles "gritam silenciosamente" quando a dor lhes dilacera o coração.

Em algumas situações dentro do próprio lar podem ocorrer, de maneira imperceptível para pais ou outros membros da família, casos de *bullying*.

A exaltação das limitações por meio de apelidos depreciativos e humilhantes deflagram dores e lesões emocionais terríveis na mente de crianças e jovens em franco processo de desenvolvimento da subjetividade. O "perseguido" vai acumulando dentro de si as agressões emocionais de que é vítima até que a dor insuportável se revela como violência contra si mesmo ou contra seus familiares, ou até mesmo contra terceiros.

Esse período silencioso de humilhação provoca um sofrimento imenso e dilacerante; daí nascem o isolamento e o desejo de sumir, de dar fim àquela dor. Por isso, é preciso que reflitamos profundamente sobre a maneira como tratamos esses personagens em formação. Embora todos carreguemos heranças educativas equivocadas, precisamos estar atentos à transferência das nossas vivências por meio de uma prática pedagógica opressora, que pode levar dor aos nossos filhos.

Dentro das relações humanas existe, de certa forma, uma "dinastia traumática" como herança maldita.

É como aquela famosa canção do saudoso Belchior:

... minha dor é perceber
que apesar de termos
feito tudo o que fizemos,
ainda somos os mesmos
e vivemos [...]
como os nossos pais.

Precisamos nos ver e ouvir no silêncio dos nossos filhos. Esse silêncio é o eco das nossas ações educativas e diz muito sobre quem somos e sobre o que levamos para a vida desses seres que amamos, mas, que em alguns momentos, traumatizamos.

É preciso reconhecer que a prática educativa perfeita não existe. No entanto, nossas chances de acerto passam pela disposição em aprender ao revermos nossos próprios conceitos de vida.

O silêncio revela inúmeros estados emocionais que gritam: medo, melancolia, revolta, irritação, insegurança e tantos outros...

Crianças e jovens têm dificuldade para disfarçar o que lhes vai no campo emocional, e, mesmo silenciando, evidenciam os estados de alegria ou dor que cultivam em si.

Precisamos nos ver e ouvir no silêncio dos nossos filhos. Esse silêncio é o eco das nossas ações educativas e diz muito sobre quem somos e sobre o que levamos para a vida desses seres que amamos, mas, que em alguns momentos, traumatizamos.

capítulo 5

autoridade ou autoritarismo?

ual é a diferença entre ter autoridade e ser respeitado pelos filhos e manifestar autoritarismo, neles despertando raiva e medo?

Dentre os muitos casos que chegam ao meu conhecimento, um me marcou bastante, e estou autorizado a escrever sobre ele aqui.

Um homem maduro se apresentou para as sessões psicanalíticas com grande dificuldade de se relacionar com pessoas de um modo geral. Ele me contou que, quando era criança, seu pai, ao tomar conhecimento de uma nota baixa, o ameaçou, dizendo que na manhã seguinte o deixaria diante da escola de calcinha e sutiã com uma placa nas mãos. Chegariam bem cedo, antes do início das aulas, para que todos os alunos o vissem vestido daquela maneira por não ter alcançado a média esperada pelo pai.

No momento que sofreu a ameaça, ele deliberou fugir de casa. E foi o que fez; fugiu naquela tarde.

Embrenhou-se em mata próxima e lá ficou escondido por muito tempo. Amedrontado, viu o dia envelhecer. Anoiteceu e, com a noite, veio a chuva. Depois de algumas horas, vencido pelo cansaço físico e pelo estresse emocional, pois era apenas um menino, decidiu voltar para casa de madrugada.

Na manhã seguinte, o pai não cumpriu a ameaça de expô-lo publicamente; mas a ferida emocional já havia sido aberta e se estendeu até a adultez.

A questão do sofrimento da criança e do adolescente precisa ser considerada com muita seriedade, pois as dores psíquicas interferem na maneira com que eles se desenvolverão na vida de uma forma geral. O ser humano sempre carrega vestígios da infância e da adolescência consigo, seja para o círculo das relações familiares, seja para o ambiente de trabalho.

Esse homem desenvolveu tal "aversão" ao pai que a relação dos dois é difícil até os dias atuais.

Atitudes como a desse educador revelam uma violência psicológica absurda. Por isso, é preciso estar atento aos discursos e às ações que podem gerar dores emocionais traumáticas, fazendo com que a criança ou o adolescente carreguem para o resto de suas vidas "cicatrizes" ou feridas abertas nascidas de uma relação adoecida.

A angústia de não ser ouvido por aqueles que são as referências mais poderosas em suas vidas é algo terrivelmente prejudicial para o desenvolvimento da estrutura psicológica de crianças e jovens. Ouvir é acolher, valorizar, fortalecer a autoestima em um mundo absurdamente competitivo em que não há escrúpulos com os mais frágeis emocionalmente, nem respeito para com eles.

No Brasil, segundo o Estatuto da Criança e do Adolescente (ECA), a adolescência acontece entre 12 e 18 anos de idade. Mas precisamos nos ater também à puberdade, fase que precede a adolescência e que traz mudanças físicas que afetam os arcabouços psicológico e comportamental. Toda essa transformação permeada pelas dificuldades emocionais que podem ser agravadas conforme o contexto familiar no qual a criança ou o adolescente estejam inseridos.

É na puberdade que surgem os pelos, há mudanças de odor e ocorre o estirão do crescimento. Precisamos compreender que é essa fase do desenvolvimento a responsável pela mudança física que algumas pessoas confundem com a adolescência.

Puberdade e adolescência coexistem durante um determinado tempo, mas são diferentes, pois uma se dá em todos os corpos e a outra está vinculada a questões psíquicas e culturais de forma geral, incluindo-se aí os aspectos religiosos, sem esquecer o contexto familiar.

Não ser ouvido, não ser notado pelos pais, até então as únicas referências nessa fase delicada, gera medo e insegurança, e faz com que o adolescente experimente uma ruptura dolorosa.

Nessa fase em que as emoções e os sentimentos são potencializados, a autoridade pode fortalecer os laços e o autoritarismo pode criar rupturas definitivas entre pais e filhos. Então, devemos nos indagar: "Como me dirijo aos meus filhos quando eles fazem algo de que não gosto? Quando eles demoram para se levantar pela manhã, dirijo-me a eles aos berros ou desperto-os com paciência e depois converso com calma, explicando que na idade deles eu queria fazer a mesma coisa, mas me levantava porque precisava ir à aula ou tinha que cumprir outros compromissos?".

Uma conduta que revela autoritarismo é a de nos compararmos a eles, como se em nossa época também não existissem dificuldades e problemas.

A autoridade não renuncia à educação e ao papel orientador, mas não se vale de atitudes violentas para impor o "melhor", na concepção dos pais, para o educando.

Já o autoritarismo grita e se descontrola todas as manhãs: "Mas que inferno!!! Eu pago caro pela sua educação para você viver nessa vagabundagem?".

Precisamos estar atentos para que a autoridade não dê lugar a um ditador nas relações dentro de casa, aumentando o problema, que pode ser administrado com um pouco mais de paciência e assertividade.

Na fase da adolescência, em que as emoções e os sentimentos são potencializados, a autoridade pode fortalecer os laços e o autoritarismo pode criar rupturas definitivas entre pais e filhos.

A autoridade não renuncia à educação e ao papel orientador, mas não se vale de atitudes violentas para impor o "melhor", na concepção dos pais, para o educando.

Já o autoritarismo grita e se descontrola todas as manhãs: "Mas que inferno!!! Eu pago caro pela sua educação para você viver nessa vagabundagem?".

Precisamos estar atentos para que a autoridade não dê lugar a um ditador nas relações dentro de casa, aumentando o problema, que pode ser administrado com um pouco mais de paciência e assertividade.

capítulo 6
"aborres-cente?"

Adolescência é um período de desenvolvimento que atemoriza algumas pessoas porque é vista como um momento de transição entre o período infantil e a idade adulta. É uma fase extremamente estigmatizada. Muitos classificam o adolescente como "aborrescente" e isso, na minha percepção, é um equívoco.

Essa adjetivação, "aborrescente", tenta dar veracidade à ideia de que todo adolescente aborrece e incomoda quando, na verdade, ele é fruto de um processo educativo que teve início na infância.

Cada adolescente é educado dentro de uma estrutura sociocultural única e em um contexto familiar singular.

Muitos dos valores educativos que os pais passam aos filhos revelam, em alguns pontos, uma prática pedagógica inadequada e opressora. Há os que entendam que, quanto mais rígidos forem na exposição de suas ideias, mais terão condições de controlar a conduta dos filhos.

Pode acontecer, em algumas situações, que o adolescente seja visto como alguém que já tem maturidade para lidar com determinados assuntos, e, em outros momentos, como quem ainda transita no período infantil.

Aqueles a quem chamamos de "aborrescentes" são as crianças mimadas de ontem, que foram impedidas de decidir sobre as situações mais pueris; portanto, não desenvolveram habilidades emocionais que lhes permitam escolher a roupa a ser usada, ou atender a outras demandas simples e de rotina.

Algumas práticas educativas são extremadas, liberdade demais ou clausura total, e a ausência de limites e de equilíbrio por parte dos pais pode confundir a cabeça do jovem.

Permissividade excessiva ou castração exacerbada na prática educativa revelam mais sobre os pais e seus conflitos – que são transferidos para os filhos.

A história do espelho, narrada na apresentação deste livro, serve como um excelente parâmetro para a compreensão do assunto adolescência. É preciso desconstruir a ideia de que a adolescência é apenas um período de confusões e aborrecimentos. Os adultos que erguem barreiras, dificultando a relação com os indivíduos passando por essa fase, não se dão conta de que se trata de um período de grande aprendizado para todos os atores do processo educativo. Daí a minha insistência em dizer que é preciso ouvir para conhecer, ouvir para entender e ouvir para aprender.

No período pós-puberdade, até os dezoito anos, fase adolescente, é necessário construir pontes que nos conectem aos educandos. Não é possível manter-se dentro da trincheira das verdades absolutas em que muitos pais se escondem. Alguns decretam: "Se não for do meu jeito, não aceito!".

É preciso abrir janelas e portas para que o adolescente que fomos nos ajude a entender a adolescência manifestada em nossa casa. Acima de qualquer ideia preconcebida, toda relação precisa ser humanizada e isso não significa renunciar a uma autoridade saudável. Humanizar a relação é deixar de representar o papel do pai infalível, que não erra, não chora, não sofre; pelo contrário, é permitir que as fraquezas transpareçam e se mostrem na permuta das emoções cotidianas.

É importante que nossos filhos possam se aproximar do humano, desconstruindo o arquétipo falso do genitor que vive no Olimpo como um deus, inacessível.

Nascemos e crescemos em uma sociedade que manifesta em alguns arquétipos uma suposta infalibilidade e o conceito de que existem modelos relacionais definitivos, o que é falso.

Nós nos acostumamos com a ideia limitante de que homem não chora, e de que os nossos pais sabem o caminho perfeito para a nossa felicidade, e isso também é falso.

Relacionamentos não são como programas de computador, em que você faz um *upgrade* e a máquina ganha agilidade tecnológica.

Incorre em equívoco quem tem mais de um filho e tenta dar a eles um mesmo padrão educativo, pois, como já sabemos, cada um tem uma necessidade emocional diferente.

Uma das mais belas vivências que a educação pode produzir é a compreensão de que sua prática não é uma via de mão única, pelo contrário: a educação é uma via de duas mãos, na qual o educador fala mas para e ouve o que o educando tem a dizer.

Aquele que é adjetivado como "aborrescente" pode ser resultado da criança insegura, ou a resposta à falta de legitimidade entre a ação e o discurso dos pais. A incoerência educativa alimenta a rebeldia dos filhos.

A adjetivação "aborrescente" tenta dar veracidade à ideia de que todo adolescente aborrece e incomoda quando, na verdade, ele é fruto de um processo educativo que teve início na infância.

Algumas práticas educativas são extremadas, liberdade demais ou clausura total, e a ausência de limites e de equilíbrio por parte dos pais pode confundir a cabeça do jovem.

Permissividade excessiva ou castração exacerbada na prática educativa revelam mais sobre os pais e seus conflitos – que são transferidos para os filhos.

capítulo 7
coerência na educação

Muitos adultos se iludem, acreditando que crianças e adolescentes não prestam atenção aos fatos ocorridos à sua volta e, muitas vezes, não respeitam sua dor psíquica. Que basta uma guloseima ou um celular novo para que a criança ou o adolescente se aliene e se sinta feliz, mesmo que a família esteja desmoronando.

Alguns podem até pensar assim, mas esses pensamentos não refletem a realidade, pois a criança, tanto quanto o jovem, absorve discretamente todo o clima psíquico do entorno.

Dentro dessa realidade, de nada adianta os pais disfarçarem a hostilidade mútua e se trancarem em um outro cômodo da casa a fim de realizar uma catarse da relação, porque os filhos já sabem o que vai acontecer.

A animosidade entre os pais não começa de repente. As rusgas vão surgindo aqui e acolá, as agressões se intensificam na sequência dos dias e as crianças são as primeiras a registrar esses dardos emocionais venenosos. Os filhos percebem com muita facilidade o que, muitas vezes, os pais tentam esconder de si mesmos.

Os processos educativos pedem coerência para ganhar lastro na construção de relações saudáveis.

Os filhos não querem pais perfeitos. Eles desejam pais que estejam presentes em suas vidas e, mais do que isso, anseiam por pais que façam aquilo que dizem que vão fazer.

Quando ensinamos nossos filhos a não mentir e mentimos; quando eles aprendem na escola que é preciso atravessar a rua na faixa de pedestres e, em nome da pressa, nós desobedecemos a essa regra; quando eles aprendem que é preciso respeitar a fila e nós não respeitamos, desconstruímos qualquer ideação positiva que eles tenham sobre nós. Dessa maneira, contribuímos para um processo anticivilizatório a partir das nossas relações familiares.

Quando chega a adolescência e eles se voltam contra as nossas orientações é porque sabem que não há verdades em nossos discursos. Somos incoerentes, dicotômicos e paradoxais. Somos personagens de mentira.

A ação educativa vai além de uma boa escola e de cursos de inglês e alemão. Educar é manifestar humanidade dentro da relação.

Projetamos a felicidade de um filho desejando que ele se torne poliglota, mas não soletramos com ele o idioma do coração.

Coerência e comunhão entre atos e palavras são a herança incorruptível que pais podem deixar para seus filhos.

Muitos pais me indagam a respeito da necessidade de influenciar os filhos a seguirem esta ou aquela religião; eu sempre respondo que a primeira divindade dos filhos são os próprios pais, quando estes sabem acolher, respeitar e lhes impor limites. Esse é um conceito de religiosidade.

Não são poucos os educadores que se desesperam e buscam ajuda profissional na tentativa sanar o dano causado por sua ausência na vida dos filhos. Todo relacionamento pode ser reconstruído caso tenha sofrido alguma ruptura; mas, para tanto, é necessário que estejamos dispostos a nos despir dos velhos conceitos, como os que tratam da superficialidade da vida deixando de lado a essência.

Quem são os nossos filhos? Quem somos nós na relação? Para descobrir quem eles são, precisamos estar dispostos a ouvir o que eles têm a dizer, mesmo que sejam tolices, mesmo que sejam utopias.

Se nos encontrarmos, em alguma madrugada insone, com o adolescente que "asfixiamos" dentro de nós, certamente ele nos fará lembrar das tolices que dissemos então, dos sonhos utópicos que alimentamos; naquela fase da nossa vida, tudo o que queríamos era alguém que nos escutasse, e que demonstrasse coerência.

Nossos filhos sabem se somos de mentira ou de verdade. Quando me deparo com jovens que relatam as inúmeras vezes que, em vão, ficaram aguardando a chegada do pai ou da mãe para um passeio ou outra atividade, vejo a ruptura da confiança na tristeza expressada por uma dor que poderia ter sido evitada.

Os pais precisam se tornar confiáveis, verdadeiros dentro da relação com os filhos.

Os processos educativos pedem coerência para ganhar lastro na construção de relações saudáveis.

Os filhos não querem pais perfeitos. Eles desejam pais que estejam presentes em suas vidas e, mais do que isso, anseiam por pais que façam aquilo que dizem que vão fazer.

Coerência e comunhão entre atos e palavras são a herança incorruptível que pais podem deixar para seus filhos.

capítulo 8
não quero essa vida

Afirmo que o processo educativo é uma via de duas mãos, em que o educador escuta, ensina e conversa. Ele também precisa prestar atenção na resposta dada pelo adolescente para que possa refletir sobre suas próprias escolhas de vida, também como aprendiz.

A rebeldia dos filhos com relação aos pais traz um recado muito significativo, e grande parte dos adultos faz questão de não enxergar isso, porque, presunçosamente, não acreditam que os filhos tenham algo a dizer. Mas a mensagem para os pais é visceral: "Eu não quero ter essa vida de mentira que vocês têm!".

Como deve ser difícil para os pais que se acham os detentores dos caminhos para a felicidade de seus filhos ouvir essa verdade indigesta.

É difícil, para os que creem nos arquétipos educativos sociais definitivos, lidar com a realidade, entender que a relação com os filhos é mais saudável quando construída com base no avanço das descobertas mútuas.

Não se trata de pregar a desordem na relação, muito menos que os pais sejam apenas amigos dos filhos, pois eles são muito mais que isso. Uma relação construída com base em respeito e dentro dos limites naturais favorece ambos os lados.

Quando os filhos percebem nos pais uma vida de verdade, real, com suas imperfeições, o autoritarismo tende a perder espaço para a autoridade.

Na convivência cotidiana, despida de arquétipos mumificados, nós nos revelamos, e nos mostramos; a rotina vai nos desnudando emocionalmente.

Em uma simples reunião familiar, por exemplo, em que pais e filhos se juntam descontraidamente para assistir a uma série, a relação pode se fortalecer ou enfraquecer. Todo juízo de valor emitido pelos educadores com relação a um ou outro personagem da série é observado pelos filhos que, assim, vão formando uma opinião a respeito dos pais.

É nessa informalidade que eles descobrem se os pais são ou não preconceituosos, se aproveitam a ficção para fazer comparações com o comportamento inadequado dos filhos e coisas assim. Portanto, os processos educativos se dão durante as vinte e quatro horas de um dia.

Se acaso houver alguma semelhança entre os filhos e um personagem da série que desperte nos educadores algum sentimento de repulsa, estes disfarçarão essa realidade. Dessa forma, é muito importante que estejamos atentos a tudo o que falamos com nossos filhos, pois, com a mesma intensidade e atenção, eles também, de maneira aparentemente displicente, nos observam em todos os momentos.

Já me deparei com casos de tentativa de suicídio de alguns adolescentes, que potencializaram a ideia de que seus pais não os aceitariam como eles eram e que, portanto, era melhor o autoextermínio do que os entristecer.

Essa realidade, infelizmente, traduz-se em números dolorosos nas estatísticas, que nos dão conta da fragilidade emocional de muitos garotos e garotas.

A resistência quanto à presença dos pais nas mais diversas situações da vida dos adolescentes revela não apenas o desejo que eles têm de se mostrarem independentes de nós, mas também o desconforto que sentem quando nos portamos como personagens fictícios em casa e na vida social.

A rebeldia dos filhos com relação aos pais traz um recado muito significativo. A mensagem para os pais é visceral: "Eu não quero ter essa vida de mentira que vocês têm!".

Quando os filhos percebem nos pais uma vida de verdade, real, com suas imperfeições, o autoritarismo tende a perder espaço para a autoridade.

A resistência quanto à presença dos pais nas mais diversas situações da vida dos adolescentes revela não apenas o desejo que eles têm de se mostrarem independentes de nós, mas também o desconforto que sentem quando nos portamos como personagens fictícios em casa e na vida social.

capítulo 9
educadores tóxicos

Certa vez, participei de um evento com jovens durante toda a tarde de um sábado em uma cidade nordestina. Foi um encontro muito envolvente, mas desgastante.

Fiz a palestra e o tema, como sempre, descambou para os conflitos familiares. Ao final da apresentação, fui metralhado por variadas questões sobre os mais diversos assuntos. Houve momentos de choro, de desabafos emocionantes e de revelações.

Falei da prática educativa de alguns pais, que gritam e adjetivam negativamente os filhos. E dos pais que comparam seus filhos com irmãos ou com filhos de parentes e amigos. Alguns jovens choraram copiosamente.

Após tantas perguntas e emoções, o evento terminou e fui agraciado por muito carinho e abraços. Atendi a todos que me procuraram para uma conversa particular. Havia sempre uma palavra a mais a ser dita, um novo abraço a ser dado.

Mais tarde, já no hotel, após o jantar, liguei o computador para ver se havia mensagens e *e-mails*. Havia uma mensagem que não era nem de um amigo nem de seguidor em rede social. Ao abri-la, vi o rosto do remetente e o identifiquei de pronto: era um adolescente que havia participado do evento durante a tarde. Com a devida autorização, transcrevo a mensagem a seguir.

ELE: Foi mal não ter falado com você pessoalmente, mas, se tivesse ido, eu teria chorado.

EU: Se você tivesse chorado, eu teria chorado também.

ELE: Eu sei que parece banal falar assim, mas eu ia me matar...

EU: Sério, por que isso?

ELE: Sabe aquele seu papo sobre os pais que fazem você se sentir menor do que uma formiga?

EU: Sei, sim... dos adjetivos?

ELE: Isso mesmo! Já me senti menor do que uma formiga várias vezes, porque em todos os momentos que meu pai fala comigo ele me chama de vagabundo. Ele só grita e xinga o tempo todo.

EU: Mas você precisa tirar essa ideia da cabeça!

ELE: Eu não vou mais me matar. Não. Depois que ouvi você falar, vi que é possível mudar as coisas.

EU: Fico feliz!

ELE: Queria te pedir uma coisa.

EU: Peça duas!

ELE: Kkkkk... Quero te pedir para não parar de falar com os jovens como falou conosco hoje à tarde.

EU: Prometo! Vou seguir com o meu trabalho com pessoas especiais como você.

ELE: Obrigado, mesmo. Você não sabe o que fez por mim hoje.

EU: A gratidão é minha! Você me autoriza a contar a sua história, sem citar, claro, o seu nome?

ELE: De boa, pode contar para quem quiser!

EU: De boa, vou contar para outros jovens, pais e professores. Direi a eles que sempre existe uma saída e uma nova esperança.

Ficamos amigos e, passados vários meses, ainda nos comunicamos por meio da rede social.

As palavras têm peso, principalmente quando são ditas por pessoas que amamos. Por isso é importante que pais, filhos, professores e alunos sejam cuidadosos com o que dizem uns para os outros.

As questões dos relacionamentos na escola também podem determinar a estruturação saudável ou a fragmentação emocional de crianças e jovens.

A seguir, uma história real, publicada pela BBC Brasil, sobre o relacionamento tóxico e extremamente doloroso de uma juíza com a própria mãe.

Mãe processa filha juíza por acusações de abuso em autobiografia[1]

Uma juíza britânica que escreveu um bestseller autobiográfico contando os abusos que teria sofrido na infância está respondendo a um processo de difamação movido pela própria mãe.

A mãe, Carmem Briscoe-Mitchell, entrou com o processo contra a filha depois de ter sido acusada, em um livro de memórias, de abuso e negligência.

---

1. "Mãe processa filha juíza por acusações de abuso em autobiografia", BBC Brasil, 18 nov. 2008. Disponível em: <https://www.bbc.com/portuguese/reporterbbc/story/2008/11/081118_briscoeprocesso_mp>. Acesso em: 5 ago. 2024.

Constance Briscoe, advogada e uma das primeiras mulheres negras a atuar também como juíza na Grã-Bretanha, fez as alegações contra a mãe no livro de memórias *Ugly* (Feia, em tradução livre), publicado em janeiro de 2006 [publicado no Brasil em 2009 pela Bertrand: *Feia: a história real de uma infância sem amor*].

No livro, que se tornou um sucesso de vendas, Briscoe, de 51 anos, afirma que a mãe, hoje com 73 anos, batia e cuspia nela e a deixava sem comida durante sua infância.

Briscoe também diz, em suas memórias, que a mãe havia "beliscado e esmurrado" seus seios e que também sofria abusos nas mãos de seu padrasto.

Briscoe-Mitchell, uma jamaicana que imigrou para a Grã-Bretanha nos anos 50, diz que as alegações da filha são "ficção".

Na abertura do processo na segunda-feira, o advogado da mãe, William Panton, disse aos jurados da Alta Corte, em Londres, que, segundo sua cliente, os incidentes narrados no livro nunca aconteceram.

Briscoe-Mitchell está processando a filha e a editora Hodder and Stoughton, que publicou o livro de memórias.

Segundo Panton, o livro traz acusações sérias de atos criminosos e que os acusados devem provar que eles realmente aconteceram.

O advogado também questionou se é possível confiar na memória de Briscoe, que relata, entre outros, eventos que teriam acontecido quando ela tinha de 5 a 12 anos.

O julgamento deve durar cerca de dez dias.

Fiz uma palestra e o tema, como sempre, descambou para os conflitos familiares. Ao final da apresentação, fui metralhado por variadas questões sobre os mais diversos assuntos. Houve momentos de choro, de desabafos emocionantes e de revelações.

Falei da prática educativa de alguns pais, que gritam e adjetivam negativamente os filhos. E dos pais que comparam seus filhos com irmãos ou com filhos de parentes e amigos. Alguns jovens choraram copiosamente.

As palavras têm peso, principalmente quando são ditas por pessoas que amamos. Por isso é importante que pais, filhos, professores e alunos sejam cuidadosos com o que dizem uns para os outros.

As questões dos relacionamentos na escola também podem determinar a estruturação saudável ou a fragmentação emocional de crianças e jovens.

10

capítulo 10
convivência, educação e violência

Educar é impregnar de sentido o que fazemos a cada instante!
PAULO FREIRE

Já vai longe o tempo em que a mesa de refeições era o sagrado ponto de encontro entre pais e filhos. O compartilhamento daquele espaço oferecia aos pais a oportunidade de perceber as angústias dos filhos, mas esse compromisso diário se tornou obsoleto. Para muitos, ficou também esquecido o contato rotineiro em que os genitores olhavam nos olhos dos filhos.

Vivemos um tempo de urgências para cumprir compromissos e alcançar realizações profissionais, além de prover valores que nos permitam atingir um belo *status* social.

A sociedade moderna vive o tempo de atender às necessidades do ego, cada vez mais entronizado no interior do coração humano.

Nesse contexto de necessidades emergenciais, a família vem se adaptando à modernidade, que acaba por sufocar as coisas simples, porém necessárias, para que todos gozem de uma boa saúde emocional.

Hoje, vivemos a época de cobranças e expectativas que devem ser atendidas para que todos possam se enquadrar nos estereótipos de sucesso que essa sociedade atormentada apregoa como modelo de felicidade.

A sociedade humana encontra-se à deriva de si mesma, e reflete as famílias que a compõem.

A rotina dos encontros domésticos, odiada por muitos, era a maneira pela qual o agrupamento familiar se relacionava, e era comum que, mesmo sem muita habilidade, os pais fossem os "psicólogos" mais eficientes dos filhos. Ouvia-se com regularidade perguntas como: "Que voz é essa, o que é que você tem hoje?". E, por mais que se tentasse disfarçar, as mães sempre diziam: "Eu te conheço, percebi pelo seu jeito que você não está bem!".

Havia, ainda, o infalível "termômetro" materno: o dorso da mão da mãe no pescoço, na testa, na nuca. E o diagnóstico era preciso: "Só está quentinho, mas talvez vire febre...".

Hoje, a voz dos filhos é a sonoridade do toque escolhido para o celular. Ouvir a voz, olhar nos olhos, é coisa para poucos, pois todos estão ocupados.

Os contatos mais intimistas foram se perdendo à medida que fomos nos tornando criaturas apressadas, e sem a mesma qualidade de vida. Hoje em dia, muitos filhos não conhecem e não conhecerão o termômetro "mão de mãe". Em um simples gesto, o de constatar o estado febril do filho, o amor e a dedicação se expressavam de maneira inesquecível. Quem é que não se lembra com saudade da zelosa atitude materna?

Essas manifestações eram rituais de amor e ações educativas que passavam de pais para filhos, de filhos para netos...

Um pássaro ensina o seu filhote a cantar por sua presença no ninho. E, ouvindo o canto dos pais, a melodia vai envolvendo os filhotes de tal forma que ela se torna a sua identidade. Eles podem até aprimorar o canto, mas a melodia inspiradora será sempre a mesma, aquela para a qual foram educados.

Conviver é ter a possibilidade de acompanhar os filhos, observá-los, escutar suas vozes e, assim, perceber o que se passa em seus corações (ainda não inventaram nada mais salutar para o desenvolvimento emocional saudável do que a convivência familiar).

Educar é um trabalho de poda das más inclinações de caráter, das tendências inferiores na infância e na adolescência, para que amanhã desabroche um adulto menos conflitado. Além disso, o olhar na convivência nos permite identificar quando algo precisa ser orientado no comportamento do educando.

O educador olha para os filhos e se embevece, ao ver crescer diante de si o milagre da vida dele nascida. Mas está equivocado aquele que pensa que o processo educativo termina algum dia, pois ele nunca termina. E, sendo a educação, como já disse, uma via de duas mãos, se o educador ensinar com humildade, poderá aprender também. Pais, filhos: a convivência é uma oportunidade de aprendizado para todos.

Os filhos trazem dentro de si uma luz que não lhes foi ofertada pela condição genética dos pais. E é essa luz que, com o passar do tempo, vai se revelando; luz essa que, sem a convivência, não terá a sua essência conhecida pelos pais.

Não é possível terceirizar a educação dos nossos filhos; é necessário sempre encontrar tempo para estar com eles e ver a boniteza da vida diante dos nossos olhos.

O contexto escolar sofre diretamente a influência da desagregação familiar, que é percebida pelo professor quando ele se depara com um educando que revela, em seu comportamento, os conflitos emocionais que começam no lar. Situações dessa natureza dificultam o aprendizado e criam obstáculos para que o papel do professor se cumpra com qualidade.

As salas de aula se tornaram ponto de encontro para adolescentes agredirem professores, em flagrante demonstração de feridas emocionais nascidas no meio familiar. É preciso identificar o problema psicológico que aflige esses estudantes; daí a necessidade de buscar ajuda profissional para o acolhimento necessário. Os professores, nos dias atuais, têm uma demanda delicada, pois, por sua própria dinâmica de vida, não têm o preparo adequado para lidar com tantos conflitos.

Seria esse o papel do professor? No modelo atual de nossas escolas, não. Mas as transformações sociais experimentadas por toda a sociedade revelam que o educador em sala de aula tem feito de tudo para ensinar e acolher os alunos e para ajudar os pais em sua formação ética e moral.

O artigo "Escola × Violência", publicado pelo *site* Brasil Escola, aborda a violência instituída dentro das escolas a partir da desesperança social que vemos nos dias de hoje. Vale a pena a reflexão.

Escola × Violência[2]

A violência é um problema social que está presente nas ações dentro das escolas, e se manifesta de diversas formas entre todos os envolvidos no processo educativo. Isso não deveria acontecer, pois escola é lugar de formação da ética e da moral dos sujeitos ali inseridos, sejam eles alunos, professores ou demais funcionários.

Porém, o que vemos são ações coercitivas, representadas pelo poder e autoritarismo dos professores, coordenação e direção, numa escala hierárquica, estando os alunos no meio dos conflitos profissionais que acabam por refletir dentro da sala de aula.

Além disso, a violência estampada nas ruas das cidades, a violência doméstica, os latrocínios, os contrabandos, os crimes de colarinho branco têm levado jovens a perder a credibilidade quanto a uma sociedade justa e igualitária, capaz de promover o desenvolvimento social em iguais condições para todos, tornando-os violentos, conforme esses modelos sociais.

Nas escolas, as relações do dia a dia deveriam traduzir respeito ao próximo, através de atitudes que levassem à amizade, harmonia e integração das pessoas, visando atingir os objetivos propostos no projeto político pedagógico da instituição.

Muito se diz sobre o combate à violência, porém, levando ao pé da letra, combater significa guerrear, bombardear, batalhar,

---

2. Jussara de Barros. "Escola × Violência". *Brasil Escola*, s/d. Disponível em: <https://brasilescola.uol.com.br/educacao/escola-x-violencia.htm>. Acesso em: 21 maio 2024.

o que não traz um conceito correto para se revogar a mesma. As próprias instituições públicas se utilizam desse conceito errôneo, princípio que deve ser o motivador para a falta de engajamento dessas ações.

Levar esse tema para a sala de aula desde as séries iniciais é uma forma de trabalhar com um tema controverso e presente em nossas vidas, oportunizando momentos de reflexão que auxiliarão na transformação social.

Com recortes de jornais e revistas, pesquisas, filmes, músicas, desenhos animados, notícias televisivas, dentre outros, os professores podem levantar discussões acerca do tema numa possível forma de criar um ambiente de respeito ao próximo, considerando que todos os envolvidos no processo educativo devem participar e se engajar nessa ação, para que a mesma não se torne contraditória. E muito além das discussões e momentos de reflexão, os professores devem propor soluções e análises críticas acerca dos problemas a fim de que os alunos se percebam capacitados para agir como cidadãos.

Afinal, a credibilidade e a confiança são as melhores formas de mostrar para crianças e jovens que é possível vencer os desafios e problemas que a vida apresenta.

Os filhos trazem dentro de si uma luz que não lhes foi ofertada pela condição genética dos pais. E é essa luz que, com o passar do tempo, vai se revelando; luz essa que, sem a convivência, não terá a sua essência conhecida pelos pais.

Não é possível terceirizar a educação dos nossos filhos; é necessário sempre encontrar tempo para estar com eles e ver a boniteza da vida diante dos nossos olhos.

O contexto escolar sofre diretamente a influência da desagregação familiar, que é percebida pelo professor quando ele se depara com um educando que revela, em seu comportamento, os conflitos emocionais que começam no lar.

As salas de aula se tornaram ponto de encontro para adolescentes agredirem professores, em flagrante demonstração de feridas emocionais nascidas no meio familiar. É preciso identificar o problema psicológico que aflige esses estudantes.

capítulo 11
o olhar que falava

Participando de um evento junto ao público jovem em uma cidade do ABC paulista, comentei com algumas pessoas a importância de os pais prestarem atenção nos filhos e de ouvirem sua voz. Acabamos falando também sobre a necessidade de os filhos compreenderem os pais.

Como acontece nesse tipo de encontro, a emoção vai crescendo à medida que vão sendo abordados os diversos assuntos relativos à área do relacionamento familiar. Chamou-me a atenção, durante todo o tempo que fiz meus comentários, o jeito de me olhar de um garoto que acompanhava todos os meus movimentos.

O menino de olhos brilhantes me pareceu triste, mas me surpreendeu ao erguer o braço, pedindo para falar. Assim que vi o braço erguido, senti que o garoto tinha certa determinação, e, ao mesmo tempo, revelava uma discreta melancolia, ou nostalgia, não sei definir. Só me recordo que era marcante o brilho que saía dos seus olhos negros. Seu rosto denunciava certa precocidade, amadurecimento, talvez emoldurando algum sofrimento que ele trazia no coração.

Assim que sorri, autorizando a fala, ouvi a indagação que nunca esqueci e que passou a exercer o papel de grande cobrança da minha consciência: "Você não vai escrever um livro que fale sobre os pais que não ligam para os seus filhos?". Essa pergunta me perseguiu até o momento que resolvi escrever este texto.

Foi preciso o concurso do tempo para que a experiência no contato com pais, professores e filhos, além do meu próprio aprendizado como educador, me preparassem para escrever sobre algo tão complexo.

Hoje, nas escolas em que tenho oportunidade de conversar com os jovens, deparo-me com outros olhares indagadores que pedem socorro, que alguém compreenda seus conflitos emocionais, que os ouça sem o desejo de "catequizá-los" com base no manual de adultos que escondem adolescentes mal resolvidos.

Os adolescentes enfrentas delicadas e árduas lutas para a sua autoafirmação.

Travam batalhas dentro de suas mentes juvenis contra os modelos sociais de sucesso e beleza.

O mundo vende estereótipos como se fossem espelhos mágicos iguais aos de Alice – personagem criada por Lewis Carroll –, como se existisse um mundo de sonhos encantados.

Vejo os olhos apagados, sem uma rotina saudável, seja com pai e mãe, seja apenas com a mãe, seja apenas com o pai; não importa a configuração familiar.

O que vale, o que é importante, é que alguém se interesse pela vida desses jovens e se disponha a participar dela, pois eles precisam apenas de alguém que os aceite, que acredite neles e que esteja por perto na hora mais *punk*, mais *bad*. Assim como alguém que igualmente pegue no pé, dê uma baita bronca quando pintar o erro, o engano, a escolha infeliz, porque é também por meio dessas atitudes que pais demonstram seu amor pelos filhos.

São tantos os garotos e garotas que me dizem que gostariam de ouvir um "não"! A indiferença é a pior forma de desamor.

Se prestarmos atenção à nossa volta, certamente nos depararemos com algum olhar que pede pela atenção do *nosso* olhar. Essa realidade abarca tanto o universo familiar quanto o escolar.

O olhar afetuoso penetra a alma do educando e o desnuda de suas necessidades emocionais.

A neuroeducadora Monica Recusani, com sua sensível percepção, nos faz compreender que o afeto é uma ponte que precisa ser erguida nos relacionamentos, independentemente de se estar em família ou na escola.

Fica cada vez mais claro que o aprendizado se torna mais fácil quando existe o componente humanista nas relações.

> Quando a gente abre os olhos, abrem-se as janelas do corpo, e o mundo aparece refletido dentro da gente.
> — RUBEM ALVES

Segundo Piaget, os processos de aprendizagem são influenciados afetivamente, tanto de forma positiva quanto negativa, o que pode acelerar ou atrasar o desenvolvimento intelectual do indivíduo. O psicólogo bielorrusso Lev Semionovitch Vygotsky também afirma que não podemos compreender o funcionamento cognitivo sem entender o aspecto emocional, pois ambos são uma unidade afetivo-cognitiva e a própria motivação para aprender está associada a uma base afetiva.

O aprendizado fica comprometido quando as referências afetivas do educando estão deterioradas.

Sabemos que os métodos pedagógicos são mutáveis, e assim deve ser, consoante as transformações sociais, mas a grande dificuldade é que o comprometimento afetivo do aprendente depende de fatores externos.

Violência, autoestima comprometida, estímulo às drogas, desregramento sexual com crescimento da prostituição: todos esses fatores de risco e muitos outros têm sua gênese nas estruturas familiares e sociais adoecidas.

O educando que não recebe afeto como parte do processo educativo em família ou na escola tende a se rebelar e a perder o interesse pelo aprendizado.

Não queremos com isso dizer que as instituições educativas devam receber seus alunos com flores todos os dias, mas o afeto que se manifesta pela estrutura educativa que abarca a diversidade social é ação inclusiva, e isso também significa afeto e amorosidade.

Se o estado deve promover o bem comum para os seus cidadãos, as escolas podem se tornar "templos de humanização" tendo no respeito às crianças e aos jovens a melhor proposta pedagógica.

O afeto encanta o coração, e o educando abre os olhos para aprender com esperança.

Nada mais triste do que uma família e uma escola que não ajudam a construir voos de esperança.

Se prestarmos atenção à nossa volta, certamente nos depararemos com algum olhar que pede pela atenção do nosso olhar. Essa realidade abarca tanto o universo familiar quanto o escolar.

O olhar afetuoso penetra a alma do educando e o desnuda de suas necessidades emocionais.

O educando que não recebe afeto como parte do processo educativo em família ou na escola tende a se rebelar e a perder o interesse pelo aprendizado.

O afeto encanta o coração, e o educando abre os olhos para aprender com esperança.

Nada mais triste do que uma família e uma escola que não ajudam a construir voos de esperança.

12

capítulo 12
educação na escola e educação na família

As famílias confundem escolarização com educação. É preciso lembrar que a escolarização é apenas uma parte da educação. Educar é tarefa da família.
MARIO SERGIO CORTELLA

Harvard é uma universidade privada situada na cidade de Cambridge, no estado de Massachusetts, nos Estados Unidos.

Eleita inúmeras vezes como a melhor e mais prestigiada universidade do mundo, com sua história, influência e riqueza, podemos afirmar que Harvard é o símbolo do conhecimento intelectual. Os alunos que a frequentam têm imensas possibilidades de alcançar sucesso profissional e êxito pessoal quando logram sua formação acadêmica.

Todavia, precisamos alargar o nosso olhar e a nossa compreensão sobre esse êxito tão propalado, indagando com o desejo de compreender o mundo atual: "Os jovens que se formam em Harvard têm sua felicidade garantida?".

Sob a ótica do intelecto, a maioria atinge uma condição respeitável, mas existem formandos que se suicidam durante sua trajetória de vida, pré ou pós-acadêmica. Isso explica que o vazio existencial para muitos não pode ser preenchido por uma formação acadêmica reconhecida mundialmente. E é justamente nessa intrincada realidade que entra a família, base sobre a qual se ergue o edifício emocional de qualquer ser humano.

É preciso adquirir valores que deem sentido à vida, e que a norteiem. Essas aquisições chegam à alma humana pelas portas do coração.

Nenhuma família é perfeita, mas posso dizer com tranquilidade que a família é o ninho em que fortalecemos nossas asas para o voo no céu das nossas escolhas.

A escola representa, em uma linguagem mais romântica, como diziam meus pais anos atrás, o segundo lar da criança e do jovem. Os papéis podem ser distintos, mas a família e a escola se complementam na arquitetura psicológica do ser em formação.

É necessário refletir sobre a frase do professor Mario Sérgio Cortella que abre este texto: a maior parte da construção ética e moral do indivíduo é de responsabilidade da família.

Muitos pais estão ocupados, desconectados da necessidade de uma participação mais efetiva na educação dos próprios filhos, e estes, conectados, plugados no mundo virtual, vão apreendendo o sentido da vida por meio das mídias e das redes sociais, que aparentam ter se tornado o vetor de uma vida feliz e realizada.

Assim, precisamos ter clareza e ser mais assertivos na ação educativa que nos cabe. Não basta prover as necessidades materiais dos filhos; não basta vesti-los, alimentá-los gastronomicamente: é urgente conviver com eles, agasalhá-los emocionalmente, alimentá-los afetivamente.

Na maioria das vezes, o educador deseja que a criança e o jovem vivam o mundo e a visão do adulto, quando o adequado seria o educador ir ao mundo do educando.

Quando procuramos um oftalmologista para a mudança de óculos, ele nos examina detidamente, submetendo-nos a algumas lentes de graus diferentes, de maneira a identificarmos aquela que mais se adéqua às nossas necessidades para a melhor qualidade de visão. Assim também acontece no campo educativo, em que cada educando é um universo em particular que compreenderá a vida pelas lentes do coração. Dessa forma, é possível encontrar filhos dos mesmos pais com características absolutamente diversas quanto à capacidade de absorver o que lhes é ensinado.

Educar não é um programa de formatação psicológica em que todos absorvem os ensinamentos de maneira uniforme. Daí a urgência de prestarmos atenção nos nossos filhos e compreender que eles refletirão na escola o que levam do aprendizado no lar.

Tem sido comum o desenvolvimento de distúrbios emocionais entre crianças e jovens nascidos de relacionamentos familiares conflituosos.

Segundo a Organização Mundial da Saúde (OMS), a depressão é a enfermidade mais incapacitante do planeta. Esse alerta é grave e reforça a urgência em refletirmos sobre relacionamentos e práticas educativas no lar e na escola.

A depressão vem se acentuando de forma alarmante entre os adolescentes, e a busca por tratamentos mentais entre eles tem crescido imensamente.

No Brasil não existe um estudo formal quanto a esse tema, mas a busca por profissionais de psicologia, assim como por aqueles que atuam como psicanalistas, tem crescido muito.

Os modelos de felicidade vendidos pela mídia e os estereótipos de beleza que imprimem a ideia de bem-estar são algumas das causas da absoluta fragilidade emocional de toda uma geração de garotos e garotas.

Sem bases emocionais para lidar com as frustrações em um mundo competitivo, e sem orientação que os ajude na descoberta das próprias potencialidades e na consequente adequação a uma vida de impermanências, tudo mais se torna ilusão.

A família é a grande construtora da asa que sustenta o voo dos adolescentes e das crianças, e com a contribuição da escola, que constrói a asa da sabedoria e dá direção ao voo, criam-se as condições para lidar com os ventos desfavoráveis de um mundo que não facilita as conquistas de ninguém.

Os modelos de felicidade vendidos pela mídia e os estereótipos de beleza que imprimem a ideia de bem-estar são algumas das causas da absoluta fragilidade emocional de toda uma geração de garotos e garotas.

Sem bases emocionais para lidar com as frustrações em um mundo competitivo, e sem orientação que os ajude na descoberta das próprias potencialidades e na consequente adequação a uma vida de impermanências, tudo mais se torna ilusão.

A família é a grande construtora da asa que sustenta o voo dos adolescentes e das crianças, e com a contribuição da escola, que constrói a asa da sabedoria e dá direção ao voo, criam-se as condições para lidar com os ventos desfavoráveis de um mundo que não facilita as conquistas de ninguém.

13

capítulo 13
filhos diferentes, educação diferente

Cada filho apresenta uma necessidade e sua própria singularidade no desenvolvimento emocional.
ADEILSON SALLES

Há o filho que você coloca no alto da montanha, empurra, mas nem assim ele rola. Há também aquele que, quando você se vira para olhar, ele já voou, revelando independência e maturidade.

Filhos diferentes, ações educativas diferentes.

Desde a infância, a criança revela algumas características comportamentais que a diferem dos outros membros da família. Aliás, a ambiência doméstica é permeada pelas características emocionais manifestadas por cada componente do grupo familiar. Essas características são como a identidade invisível de cada membro, de maneira que os pais mais perceptivos sentem intimamente essa realidade, podendo identificar aquele filho que psicologicamente se revela mais frágil e dependente, por exemplo.

A ação educativa vai mais além do que os nossos olhos e ouvidos podem alcançar. Parafraseando o grande William Shakespeare, que filosofava: "Há mais coisas entre o céu e a Terra do que sonha nossa vã filosofia". Posso, assim, afirmar com muita tranquilidade que existem mais coisas entre pais e filhos do que sonha nossa vã filosofia educadora.

Alguns filhos revelam grande aptidão para matemática, deslizam de patins no campo da razão; outros têm imensa dificuldade com ciências exatas, mas experimentam impressionante sensibilidade para as coisas do coração.

Não adianta forçar, empurrar, pressionar: cada filho traz em si suas próprias aptidões e capacidade. A herança das aptidões, portanto, não tem a mesma gênese que a herança genética, e cabe ao educador, com sua percepção e seu olhar amoroso, incentivar o educando no desenvolvimento da sua melhor aptidão.

Cobranças permeadas por xingamentos e adjetivos pejorativos, e terrorismo emocional com base em comparações com outras crianças ou jovens supostamente mais inteligentes criam abismos no relacionamento que dificilmente serão transpostos na fase juvenil.

Os pais têm uma força psicológica imensa na formação e na estruturação emocional dos filhos; é na relação com os pais que os filhos vão forjando seu caráter, alimentando sua autoestima. Cada frase e cada gesto são como um pequeno tijolo assentado na construção do edifício psíquico dos educandos.

O que parece simples rotina na convivência familiar é, na verdade, a oficina do aprendizado comum que estrutura psicologicamente as crianças.

Existem crianças que se desenvolvem e já na adolescência assumem o papel de guardiães dos próprios pais, tal é a maturidade emocional que revelam na própria conduta e na percepção da vida. Diante dessa realidade, podemos, mais uma vez, afirmar que educação saudável é uma via de duas mãos, pois o educador também é educando e o educando também é educador na troca do aprendizado.

As relações são saudáveis quando são permeadas por respeito. Dessa maneira, os pais podem não concordar com os filhos, mas precisam respeitar a visão que eles têm sobre certos assuntos. Os pais devem apontar o caminho, mas também precisam aceitar que os filhos pensem de modo diferente.

Educar é auxiliar os filhos na travessia das fases de autoafirmação emocional, mas compreendendo que haverá choques e que isso é saudável e natural.

Quantas vezes, na permuta educativa, os pais são surpreendidos pela opinião dos filhos sobre esse ou aquele problema! Daí a necessidade de manter uma estreita conexão com o mundo desses seres especiais que são nossos filhos: para conhecê-los.

Mas, se não estou presente, conectado ao coração deles, como posso conhecê-los? Como influir construindo, sem ir às reuniões da escola? Como auxiliar na formação do caráter de uma criança se ela não me vê nas festinhas comemorativas ou no teatrinho do colégio?

Nossa ausência é uma das portas que deixamos abertas para o confronto que acontecerá amanhã, na fase juvenil.

Então, estejamos menos ocupados e mais atentos à vida dos nossos filhos.

Formado nos campos da psicologia e da neurologia, o cientista norte-americano Howard Gardner causou forte impacto na área educacional com sua teoria das inteligências múltiplas, divulgada no início da década de 1980. Ela nos leva a refletir, de maneira profunda, sobre as aptidões e as diferenças comportamentais de crianças e jovens quanto ao desenvolvimento de suas inteligências e habilidades, além do aspecto psíquico.

A principal atitude no contexto educativo de qualquer ser humano é a de evitar comparações, sempre nefastas para crianças e jovens. Já mencionei que cada um tem sua própria capacidade cognitiva, e essa capacidade é definidora da forma de aprender. Por isso, um mesmo tema, por mais simples que seja, guarda complexidades especiais para o aprender de cada educando.

Cada aluno, ao revelar sua capacidade e sua habilidade em determinado aspecto, deveria ser incentivado a desenvolver suas potencialidades.

Embora estejam sendo questionados, os métodos avaliativos atuais se mantêm obsoletos e contemplam com menções positivas os alunos que tiram notas máximas em física, sem considerar os que têm habilidades especiais no desenho ou na dança, por exemplo.

Quem tira nota alta em matemática no Exame Nacional do Ensino Médio (Enem) é considerado um gênio, mas o estudante que revela sua sensibilidade para a poesia não tem relevância para os nossos tempos.

Para Gardner, o pai das inteligências, existem oito tipos de brilhantismo e todos eles compõem uma sociedade saudável.

Partindo dessa teoria, não existe apenas um tipo de inteligência e, certamente, uma não anula a outra e não impede o desenvolvimento das demais capacidades.

Como esta minha abordagem tem como base o desenvolvimento da humanização nas relações, acredito que, seja qual for a inteligência revelada pelos educandos, a base do desenvolvimento de toda e qualquer capacidade passa pelo aspecto emocional do aprendente.

Concluo meu raciocínio exortando a compreensão de que seres diferentes em seu contexto de vida têm linguagem emocional própria para o seu aprendizado.

Se acreditarmos que educar é um processo de formatação de mentes, sem levar em consideração os outros fatores que compõem a criatura humana, seguiremos privilegiando uns e discriminando outros.

Construir asas significa dar condições de voo a cada pássaro, pois todos têm um jeito próprio de voar pelo céu das suas escolhas.

Seja qual for a inteligência revelada pelos educandos, a base do desenvolvimento de toda e qualquer capacidade passa pelo aspecto emocional do aprendente.

Seres diferentes em seu contexto de vida têm linguagem emocional própria para o seu aprendizado.

Construir asas significa dar condições de voo a cada pássaro, pois todos têm um jeito próprio de voar pelo céu das suas escolhas.

14

capítulo 14
a pior pessoa da família

Participei como palestrante de um encontro para pais e jovens em que o combinado com a administração do evento era que eu falasse por uma hora e meia e, depois, ficasse à disposição por mais meia hora para responder a algumas perguntas dos ouvintes. Assim, após a palestra, por cerca de trinta minutos respondi aos mais diversos questionamentos, principalmente na área dos conflitos familiares.

Depois de quase duas horas, chegamos, enfim, à última pergunta, mas a pessoa responsável pela leitura das perguntas silenciou. Leu e releu apenas para si o pequeno pedaço de papel que tinha nas mãos, olhando em minha direção. Eu aguardava com expectativa. Finalmente, lançou-me a pergunta: "Sou a pior pessoa da minha casa, tenho certeza de que, se eu não existisse, minha família seria mais feliz. O que devo fazer?".

Entendi imediatamente o porquê da demora na leitura da questão: tratava-se de um pedido de socorro.

A leitura da pergunta por si só causou um forte impacto em todo o auditório, que aguardava silenciosamente os meus comentários. E eu sabia o que deveria fazer: desconstruir aquela ideia desoladora que a pessoa tinha sobre si mesma.

Iniciei meus comentários tentando desconfigurar emocionalmente a posição mórbida de quem tinha feito a pergunta, dizendo: "A meu ver, você é a melhor pessoa entre todos os membros da sua família. Acredito que sua presença é fundamental em sua estrutura familiar e, certamente, todo o grupo deve muito a você!".

Falei por vários minutos, tentando atirar uma boia salva-vidas a quem se afogava no mar agitado das relações familiares. Usei de toda a minha experiência, esgotando os meus recursos como pai, educador e psicanalista.

Encerrado o evento no auditório, fomos para a seção de autógrafos. Muitos pais e jovens levaram livros para que eu os autografasse, e tiramos fotos.

Em determinado momento, surgiu à minha frente uma família. O homem era jovem e bonito, assim como sua esposa. Eles estavam acompanhados de dois garotos, um com aproximadamente 12 anos de idade e outro, mais jovem, com mais ou menos 7 anos.

O garoto de 12 anos me estendeu um livro para adolescentes. Eu o acolhi com carinho e, após o autógrafo, nos abraçamos. Perguntei-lhe se podia também abraçar o seu pai. O pai se abaixou, pelo fato de eu estar sentado à mesa, e me deu um abraço.

Percebi que, no abraço, ele começou a chorar, mas não pude prestar mais atenção na família, porque, em seguida, a fila andou e uma outra pessoa me estendeu um livro para o autógrafo.

Depois de encerradas todas as atividades, fui informado de que o pai do menino a quem eu tinha abraçado saíra chorando convulsivamente do evento. Seu filho de 12 anos era quem tinha feito a última pergunta após a palestra no auditório, dizendo-se a pior pessoa da família.

Foi, sem dúvida alguma, um fato marcante e emocionante. E até hoje reflito sobre a dor daquele adolescente e no duro aprendizado do pai ao se dar conta dos conflitos emocionais que o filho experimentava.

Por isso, alertamos com insistência para as consequências de tudo o que se diz dentro de casa, principalmente para o uso das palavras que dirigimos aos nossos filhos. Se eles ouvirem ou perceberem qualquer rejeição à presença deles na vida da família, as consequências na estruturação psicológica e no desenvolvimento emocional deles poderá ser grave, podendo ser deflagrados, até mesmo, processos suicidas e de baixa autoestima.

É muito comum que, em casos semelhantes, processos de enfrentamento se instalem no relacionamento entre pais e filhos. Garotos e garotas que passam por dramas como esse farão de tudo para chamar a atenção dos pais, mesmo que seja da pior forma possível. Bagunça generalizada, roupas jogadas pela casa, relaxamento nas atividades escolares e rebeldia contra tudo o que se diz.

A dificuldade de impor limites e de delinear tarefas dentro de casa que são de responsabilidade do adolescente potencializa processos de rebeldia e de adoecimento emocional.

Lembre-se: por trás de todo confronto sempre tem um coração fragilizado.

É por isso que precisamos prestar atenção nos nossos filhos.

Certas palavras ditas pelos pais podem desmotivar o educando a ponto de deflagrar os mais variados conflitos.

Os distúrbios emocionais sem causas orgânicas e as neuroses, na fase adolescente, potencializam as ideias fixas, já que as emoções nesse período são sempre extremadas. As frustrações são potencializadas, assim como os sonhos. Ama-se e odeia-se demais na adolescência, e essas emoções podem ser vividas várias vezes ao dia.

A verdadeira gangorra emocional na qual se alterna o campo emocional do adolescente é natural em alguns momentos, mas, se a estrutura familiar é frágil, a chance de ele permanecer na parte de baixo da gangorra é grande.

Sonho com o dia em que disciplinas que contemplem a saúde emocional dos educandos sejam implementadas como parte de currículos escolares mais sensíveis à realidade humana.

Quando essa realidade permear as formações acadêmicas, muitos garotos e garotas terão suas dores emocionais compreendidas. Suicídios serão evitados. O número de indivíduos que se sentem a pior pessoa dentro de suas casas diminuirá.

A história do garoto que carregava o peso da dor de um lar fragmentado pela dissensão silenciosa entre os pais se repete por muitos lares no mundo. A hostilidade velada entre os genitores é assimilada pela criança e pelo adolescente, que se veem impotentes para lidar com aquele quadro em que são testemunhas oculares da desconfiguração lenta da família.

Dessa forma, o desejo de ajudar a socorrer os adultos passa pela culpabilização de si mesmo diante do que não é compreendido.

Por trás de todo confronto sempre tem um coração fragilizado.

É por isso que precisamos prestar atenção nos nossos filhos.

Certas palavras ditas pelos pais podem desmotivar o educando a ponto de deflagrar os mais variados conflitos.

A hostilidade velada entre os genitores é assimilada pela criança e pelo adolescente, que se veem impotentes para lidar com o quadro em que são testemunhas oculares da desconfiguração lenta da família.

Dessa forma, o desejo de ajudar a socorrer os adultos passa pela culpabilização de si mesmo diante do que não é compreendido.

15

capítulo 15
a influência das mídias na educação

A ausência de adultos psicologicamente saudáveis desde a infância contribui para a fragilidade emocional do ser em formação.
ADEILSON SALLES

Desde a fundação da primeira emissora de rádio no século XX, em 1923, por Roquette Pinto, passando pelo nascimento da primeira emissora de TV do Brasil, a TV Tupi, em 18 de setembro de 1950, criada por Assis Chateaubriand, a sociedade humana vem experimentando transformações viscerais. Um estudo mais profundo pela ótica da sociologia nos ajuda a entender a verdadeira revolução cultural experimentada pela humanidade.

As mídias que cumprem o papel de criadoras de entretenimento para o público em geral também transformam costumes socioculturais, pela influência que exercem sobre todas as faixas etárias.

O rádio deu o primeiro passo arregimentando em torno de si a sociedade da época, iniciando as mutações sociológicas que ganhariam mais força e contundência com a chegada da televisão.

Desde o século passado, nosso povo vive um processo de aculturamento com a chegada dos modismos vindos de outros países.

Durante anos, as propagandas de cigarros e bebidas foram veiculadas a qualquer hora do dia, atingindo crianças e jovens sem que houvesse o menor cuidado por parte dos órgãos governamentais para com aquilo que era incutido nas mentes em formação.

Assim, muitas vidas foram ceifadas pelo ideal de felicidade que o *marketing* de produtos viciantes promovia de forma alienante.

Meu grupo familiar era constituído por oito filhos, e o ponto alto do dia era o almoço em família. A chegada da televisão alterou radicalmente costumes simples, mas fundamentais para a manutenção da união familiar e das conversas singelas em torno da mesa de refeições.

Meus irmãos e eu vivíamos ávidos pelas novidades televisivas e propagandas comerciais que levavam para dentro de casa o mundo no qual desejávamos viver; era dentro da televisão que se encontrava a felicidade.

Os anos se passaram e a internet chegou de maneira explosiva e contundente, alterando radicalmente a maneira de os homens se comunicarem. Junto com ela, chegaram os *smartphones*, e a globalização tornou-se palpável e ao alcance de todos. Essa expressão tecnológica democratizou todas as informações e o entretenimento, e os novos modelos comportamentais estão sendo propostos por ela.

Para as mentes em formação, o acesso a essa tecnologia de forma indisciplinada pode trazer graves consequências. A liberdade excessiva na vida virtual atinge de maneira contundente a vida real.

Por meio das redes sociais, nossos filhos podem ser incentivados à prática suicida. Essas mesmas redes expõem crianças e adolescentes em uma vitrine virtual, colocando-os na mira de pessoas reais e maldosas que vivem à caça de vítimas para suas ações criminosas.

Por meio dos fascinantes *smartphones*, os jovens podem pedir drogas pelo sistema de *delivery* sem que os pais se deem conta da vulnerabilidade a que estão expostos.

Assim, aquela cerca elétrica instalada ao redor da casa, o cachorro bravo solto no quintal e outras medidas protetivas perderam o efeito diante da invasão que os lares passaram a sofrer em decorrência da vida virtual. O único sistema de segurança que funciona efetivamente nesses tempos é o sistema educativo.

Mas, como reiterei diversas vezes, a prevenção está na educação que respeita e exemplifica.

Nenhum educador estará presente, ao lado do educando, durante as vinte e quatro horas do dia. Portanto, em algum momento, nossos filhos precisarão fazer as próprias escolhas. Assim, precisam de valores incutidos em seu caráter pela educação que só a família é capaz de dar.

Os filhos estão conectados à vida pulsante e fascinante desse mundo e, como pais, precisamos estar conectados à vida deles.

E mesmo que amanhã, apesar da nossa conexão estreita, eles façam uma escolha equivocada, devemos estar ao lado deles, mesmo que não seja possível caminhar por eles ou carregá-los nas costas.

Disciplinar o uso das mídias sociais de maneira que crianças e jovens extraiam o melhor que a tecnologia pode oferecer é educar efetivamente e proteger em um período em que eles são vulneráveis ao fascínio que essas mídias oferecem.

Estipular horários para estudar, ler, passear e se conectar certamente pode auxiliar na formação dos adultos equilibrados de amanhã.

As mídias que cumprem o papel de criadoras de entretenimento para o público em geral também transformam costumes socioculturais, pela influência que exercem sobre todas as faixas etárias.

Disciplinar o uso das mídias sociais de maneira que crianças e jovens extraiam o melhor que a tecnologia pode oferecer é educar efetivamente e proteger em um período em que eles são vulneráveis ao fascínio que essas mídias oferecem.

16

capítulo 16
jogos eletrônicos

A falta de limites quanto ao tempo que passam conectados à vida virtual e o perfil psicológico desestruturado de alguns adolescentes contribuem, infelizmente, para que a prática da autoasfixia (*chocking game*) ocorra.

Fui convidado a falar para adolescentes por um colégio particular muito bem estruturado no aspecto material, com um quadro de professores bem capacitados.

Antes da palestra, cujo tema era suicídio, o vozerio dos alunos era o mesmo de toda e qualquer escola do país. Tudo aparentava normalidade, uniformes impecáveis e jovens que pareciam ser emocionalmente saudáveis.

Antes do encontro, soube pela diretora que duas classes de 9.º ano não participariam da atividade por acharem chato ouvir sobre um tema que já havia sido tratado antes na escola.

Antes da minha chegada à instituição, os alunos haviam "aprontado" na aula de física, e a diretora comunicou às duas turmas que todos estavam dispensados da atividade comigo, mas que cumpririam aula dupla de física. No mesmo instante, todos eles se interessaram pelo evento e se juntaram aos demais alunos no auditório da escola.

Quando cheguei ao espaço em que ocorreria o encontro, fui informado de que estavam presentes quatrocentos alunos.

Iniciei a palestra, que deveria durar uma hora, abordando os conflitos familiares que causavam grande parte dos suicídios entre jovens. Durante a minha fala, dei abertura para que eles fizessem perguntas, o que não aconteceu.

Faltavam dez minutos para o encerramento do encontro, e a direção da escola e todos os alunos demonstravam estar vivamente interessados nas abordagens que fazia do tema.

Em dado momento, fui interrompido pela diretora, que me pediu, em nome dos alunos, que eu abrisse espaço na agenda e retornasse no dia seguinte para mais uma hora e meia de conversa. Esse tempo seria usado para abordar com mais tranquilidade assuntos que eram muito complexos.

Consciente de que não teria compromisso na manhã seguinte, aquiesci, e pedi a eles que escrevessem em um pedaço de papel as questões sobre as quais gostariam de conversar no dia seguinte.

Quando encerrei a fala, fiquei emocionado com os aplausos entusiasmados que me foram carinhosamente endereçados.

Na manhã seguinte, lá estava eu. Ao chegar, fui surpreendido pelo número de perguntas: eram tantas que não consegui responder uma boa parte delas.

A diretora, que acompanhou todo o processo de respostas aos questionamentos, ficou impactada com os conflitos que foram se revelando à medida que as perguntas eram lidas.

Em um desabafo que demonstrava sua incredulidade, ela afirmou: "Não imaginava que esses problemas existissem aqui".

E novamente os flagelos emocionais oriundos dos conflitos entre pais e filhos destacaram a gravidade do problema. Dores de todo tipo, conflitos dos mais surpreendentes. Violência física, violência emocional, *bullying* por parte de pais e mães. Abuso sexual, automutilação, tentativa de suicídio, conflitos quanto à sexualidade.

Três meses antes da minha visita àquela escola, uma garota havia morrido por autoasfixia. Em seu histórico psicológico já havia sido registrada uma tentativa de suicídio. O perfil familiar dessa aluna era complicado e a desagregação do grupo doméstico era flagrante.

Toda essa fragilidade psíquica levou a aluna a ceder ao impulso de participar de um jogo *on-line* com jovens do Brasil e de outros países, em um pacto no qual o perdedor promoveria, via *webcam*, para que todos os participantes pudessem assistir, o *chocking game* – o jogo da autoasfixia.

E ela perdeu.

Cobrada pelos participantes, ela tentou se autoasfixiar de várias formas e não conseguiu. Até que um dos participantes do jogo sugeriu que ela utilizasse o fio do *mouse*.

Vale a pena ressaltar que a falta de oxigênio no cérebro provocada pelo jogo da autoasfixia pode resultar em três situações:

1. comprometimento da organização motora;
2. curtição de um "barato" parecido com o da utilização de drogas;
3. óbito.

Infelizmente, a aluna daquela escola, ao utilizar o cabo do *mouse* para a autoasfixia, entrou nas estatísticas de jovens que cometem suicídio.

Quando terminei de responder às perguntas feitas pelos jovens, professores e a direção da escola pareceram surpresos com tudo o que havia sido abordado.

Experimentei uma grande emoção quando a maioria dos alunos fez fila para me abraçar e tirar algumas fotos.

O número de corações tocados, não sei dizer.

Sugeri à diretora que fosse criada uma sala para escutatória, em que os problemas juvenis fossem ouvidos por alguém que tivesse formação e condição para tal missão.

E essa, infelizmente, tem sido a triste realidade das escolas pelas quais sigo peregrinando e levando mensagens de inclusão emocional. Escolas em que jovens são discriminados por serem portadores de limitações físicas ou por serem negros, gays, lésbicas... O ambiente escolar acaba se transformando em um gueto, onde dores e lágrimas, além da violência, servem como pano de fundo para o próximo suicídio de um jovem brasileiro.

Todas as situações têm dois lados que devem ser avaliados com critério e responsabilidade.

É claro que os jogos eletrônicos cumprem um papel educativo, isso não se discute; a grande dificuldade quanto a eles está em como incluí-los na rotina de vida das pessoas. Como as relações familiares andam comprometidas e, muitas vezes, os pais precisam atender a demandas profissionais, acaba faltando tempo para uma imersão na vida dos filhos. Os pais acreditam que seus filhos estarão em segurança por estarem dentro de casa e não andando pelo mundo, correndo riscos.

Ocorre que os riscos podem estar justamente dentro de casa, quando uma criança tem acesso a um telefone celular; esse acesso franqueia o contato com muitas coisas positivas, mas também com muitas coisas negativas.

A falta de limites quanto ao uso da internet causa danos, por vezes irreparáveis, já que o traficante, o pedófilo, a pornografia e até mesmo páginas em redes sociais que incitam ao suicídio estão ao alcance das mãos de qualquer criança e de qualquer adolescente.

Uma pergunta vem sendo feita por pais que, angustiados, não sabem como lidar com as horas excessivas que os filhos passam conectados: *Como diminuir o tempo ocupado pelo celular?*

Precisamos nos conscientizar de que a tecnologia se transformará ao longo dos próximos anos, aperfeiçoando-se cada vez mais, mas nunca deixará de existir dentro do nosso contexto familiar.

Então, precisamos compreender que todo excesso esconde uma falta. Concluímos que na esfera em que os celulares ou jogos eletrônicos ocupam tempo demasiado há ausência da família.

Muitas pessoas se queixam porque não conseguem atingir seus objetivos, e isso se deve à falta de disciplina com relação ao tempo. Exageramos quanto à carga de ocupações que queremos que nossos filhos tenham, tirando deles as horas em que deveriam viver a infância ou a adolescência. Esses exageros vêm da nossa própria indisciplina, pois buscamos muitos tesouros na compreensão de que a vida é mais consentida à medida que avançamos no *status* social ou acumulamos muitos bens.

Quando o adolescente adoece emocionalmente, os pais tentam encontrar tempo para as terapias psicanalíticas e psicológicas, porque os filhos estão tão sobrecarregados por atividades que dão de cara com o vazio de uma vida sem sentido.

Dessa conjuntura, nascem os flagelos emocionais, e o celular ganha espaço – embora não troque afeto e não promova a saciedade emocional que a interação saudável entre pais e filhos oferece.

Quero deixar aqui uma questão para a reflexão sobre o espaço que os jogos eletrônicos e os celulares ocupam na vida de crianças e adolescentes: *Quanto tempo da vida dos filhos é ocupado pelos pais?*

A resposta para essa pergunta pode ser o caminho que leve à adequação da disciplina do tempo em benefício de todo o grupo familiar.

A tecnologia não pode ser demonizada, mas deve ser uma aliada no processo educativo e relacional com nossos filhos.

Cabe-nos ocupar os espaços que deixamos vazios dentro da relação com os educandos.

A ausência dos pais faz com que os espaços na vida de crianças e adolescentes se abram para outras coisas. Quem ou o que ocupará o vazio deixado pelo afeto que dá sentido à vida?

Há tempo para tudo na vida do jovem, se houver disciplina. Tempo para atividades físicas. Tempo para os jogos e celulares. Tempo para ler. Tempo para ir ao *shopping*. Tempo para namorar. Tempo para muitas outras coisas.

Todo esse tempo carece do tempo dos pais para gerir e orientar a rotina de vida de crianças e jovens, e o tempo dedicado a esse cuidado tem o nome de amor.

A tecnologia não pode ser demonizada, mas deve ser uma aliada no processo educativo e relacional com nossos filhos.

Quanto tempo da vida dos filhos é ocupado pelos pais?

Cabe-nos ocupar os espaços que deixamos vazios dentro da relação com os educandos.

Há tempo para tudo na vida do jovem, se houver disciplina. Tempo para atividades físicas. Tempo para os jogos e celulares. Tempo para ler. Tempo para muitas outras coisas.

Todo esse tempo carece do tempo dos pais para gerir e orientar a rotina de vida de crianças e jovens, e o tempo dedicado a esse cuidado tem o nome de amor.

capítulo 17
aproximar-se do mundo dos adolescentes

O processo educativo deve se aproximar do mundo do educando, contextualizando o conteúdo programático no universo juvenil contemporâneo.
ADEILSON SALLES

Ainda é tímido o movimento que trata dos grandes conflitos vivenciados por crianças e jovens nos dias atuais. Iniciativas louváveis acontecem, mas é preciso fazer muito mais no ambiente das escolas.

Falamos pouco sobre as questões que envolvem a sexualidade, falamos pouco sobre as angústias que assolam a sociedade a partir dos lares.

A sociedade como um todo e as instituições responsáveis pelas práticas educativas precisam se perguntar se, no período em que os jovens vivem suas angústias, o conteúdo curricular é suficiente para lidar com dores e frustrações, que são fatores impeditivos do aprendizado.

Com o aumento do número de suicídios de jovens, as escolas começam a compreender que, mesmo sentados em suas carteiras escolares, eles enfrentam conflitos terríveis e necessitam de cuidados e orientação.

A dor não se mostra apenas no desempenho fraco de garotos e garotas que não conseguem lidar com a separação dos pais, por exemplo. Ela também existe – embora fique bem camuflada – no aluno que mantém um desempenho razoável, mas que, emocionalmente, está angustiado pelos mais variados problemas.

Por mais que a escola ofereça um ensino excelente, o conteúdo desse ensino não será suficiente para transformar o aluno nota DEZ em um ser humano feliz.

Algumas competências precisam ser revistas e é urgente a implantação de práticas que valorizem as coisas essenciais e que dão verdadeiro sentido à vida. Entendo que uma pedagogia voltada para o ser integral, ou seja, para o intelecto e para o emocional é imprescindível.

Embora as escolas desejem ver um desempenho impecável de seus alunos no Enem, é preciso avaliar se esses jovens que se destacam são seres humanos felizes.

O papel da educação é o de capacitar o intelecto, apenas?

Acredito que todas as disciplinas, sejam elas de Humanas, sejam elas de Exatas, podem trabalhar em seus currículos temas transversais que contemplem a estruturação emocional dos nossos jovens. Valores como a paciência, a compaixão, a empatia e a honestidade podem ser incluídos nas práticas educativas.

Alunos que estudam nas melhores escolas e universidades do mundo engrossam a fila dos seres humanos infelizes por não saberem lidar com as próprias emoções. Precisamos ensinar a criança a se governar para que ela se fortaleça emocionalmente e supere as lutas e frustrações que experimentará ao longo da vida.

Não há dúvida de que a formação acadêmica é importante, mas ela não garante que o educando irá para o mundo munido de valores éticos morais que o credenciem a ser um indivíduo que compreenda a impermanência da vida e a necessidade da educação dos seus sentimentos; ela nem oferece estrutura psíquica para isso.

O que desejamos para os nossos filhos? Que eles se destaquem socialmente em suas profissões ou que sejam seres humanos equilibrados e felizes? De preferência, queremos que eles obtenham sucesso em tudo e isso é muito natural.

Família e escola são ambientes que se completam, mas como os valores e a compreensão dessas funções educativas se confundem, a linha que divide as responsabilidades de ambas as instituições é muito tênue.

Por mais que a escola ofereça um ensino excelente, o conteúdo desse ensino não será suficiente para transformar o aluno nota DEZ em um ser humano feliz.

Algumas competências precisam ser revistas e é urgente a implantação de práticas que valorizem as coisas essenciais e que dão verdadeiro sentido à vida. Uma pedagogia voltada para o ser integral, ou seja, para o intelecto e para o emocional é imprescindível.

Família e escola são ambientes que se completam, mas como os valores e a compreensão dessas funções educativas se confundem, a linha que divide as responsabilidades de ambas as instituições é muito tênue.

18

capítulo 18
uma fala sobre sexo em sala de aula

As questões sexuais devem ser abordadas com naturalidade e o educando deve ser respeitado.
ADEILSON SALLES

iz uma palestra em uma escola estadual de um estado do sul do país. Professores e o corpo pedagógico também estavam presentes.

Na palestra, contei histórias e falei sobre a necessidade do respeito por si mesmo e pela vida, e que os jovens deveriam refletir sobre esse assunto. Dei exemplos de adolescentes que se destacavam por compreenderem a necessidade de valorizar a própria vida.

No tempo reservado para as perguntas, alguns alunos me questionaram sobre a produção dos meus livros, como eu escrevia, como me inspirava. Respondi a todos, e o ambiente parecia muito tranquilo.

Essa aparente tranquilidade era prenúncio de um novo aprendizado para mim. Nesse momento, um garoto que estava sentado no fundo da classe se levantou. No instante que ele se levantou, braço erguido pedindo a palavra, pude notar que o semblante de alguns professores ficou tenso. Todos os alunos à sua volta aguardavam com expectativa o que estava prestes a acontecer.

Percebi rapidamente que o garoto costumava chamar a atenção da turma e que iria descobrir logo mais se aquilo era bom ou não.

— Posso fazer qualquer tipo de pergunta?

Como eu já havia dito anteriormente que eles poderiam fazer qualquer pergunta, aquiesci, balançando a cabeça.

Olhei em volta novamente, especialmente na direção dos professores, e me dei conta de que alguns queriam "saltar pela janela" para não ouvir o que sairia da boca do adolescente.

Após alguns instantes de suspense, ele soltou a pérola:

— O senhor pode me responder como as meninas se masturbam?

A indagação caiu como uma bomba na sala de aula.

O tom da pergunta foi um tanto jocoso, e certamente o questionamento nasceu do desejo de me envergonhar.

A diretora da escola cobriu o rosto com as mãos. Algumas professoras ficaram ruborizadas e alguns professores fuzilaram com o olhar o adolescente.

Por parte dos alunos, alguns caíram na gargalhada e outros ficaram envergonhados. Algumas meninas não conseguiam me olhar nos olhos e baixaram a cabeça.

Aguardei até que o clima se restabelecesse e que todos silenciassem.

Na cabeça da maioria estava a dúvida de como eu me sairia daquela situação que julgavam constrangedora.

Eu sorri e indaguei:

— Você já fez essa pergunta ao seu pai, ou à sua mãe?

A resposta dele foi decepcionante para mim.

— Se eu fizer uma pergunta dessas para o meu pai ele bate na minha cara!

Assim que ouvi a colocação do jovem, refleti intimamente sobre a dificuldade que alguns pais têm em lidar com esses temas.

A questão é cultural e passa, em uma análise mais aprofundada, pelo conflito dos próprios pais nessa área. A maneira como esse tema é tratado não contribui para a construção de uma educação que esclareça e auxilie no desenvolvimento emocional e no respeito que o assunto exige. Evidentemente, não podemos responsabilizar os pais, mas o fato merece a nossa mais honesta reflexão.

Nos dias atuais, assuntos como esse carecem de uma abordagem clara e responsável porque têm direta ligação com a formação e com a estruturação psicológica dos nossos filhos.

A maneira responsável do pai de conversar com seu filho ajuda a combater as questões do preconceito e das práticas de feminicídios que infelicitam a nossa sociedade atualmente.

Olhei nos olhos do garoto e disse:

— Vou te explicar como as meninas se masturbam e depois explicarei para as meninas como os meninos se masturbam.

Assim que disse isso, o silêncio tomou conta do ambiente e até mesmo as professoras se interessaram em saber como o raciocínio seria desenvolvido.

Eu estava diante de um momento delicado na vida daqueles jovens e a responsabilidade era grande.

Para algumas pessoas, falar sobre essas questões pode ser banal e desnecessário, mas, na minha ótica, esses temas são muito relevantes para a formação de seres humanos saudáveis.

Depois de explicar para garotos e garotas o processo da descoberta do prazer pela masturbação, falei das implicações negativas da pornografia e de como o sexo é um complemento saudável na relação daqueles que se amam.

Comentei não só a responsabilidade com o nosso corpo e o respeito que devemos ter pelas pessoas com as quais nos envolvemos, mas também o respeito que devemos ter por pessoas homoafetivas e por todos que entendemos ser diferentes, além de doenças sexualmente transmissíveis.

À medida que avançávamos no assunto, outras perguntas iam surgindo, às quais respondi com toda a atenção e carinho.

Ao encerrar a palestra, a direção da escola fez novo convite para um retorno e contato com os alunos.

A ignorância dos nossos jovens com relação a questões sexuais e conflitos nessa área e o fato de eles não encontrarem canais para conversar sobre esses temas contribuem para o aumento dos casos de depressão e outras neuroses.

Mas, cuidado! Nossos filhos e alunos não são os corpos que vemos. Existe um ser emocional que necessita uma educação responsável que lhes dê sentido à vida. É preciso estar atento para que as informações educativas contribuam para a construção de pessoas emocionalmente saudáveis. A edificação desse universo nos pede o abandono das opiniões pessoais que, muitas vezes, podem estar longe de uma educação que não oprima, e que liberte.

Basta uma palavra preconceituosa dentro de casa ou em sala de aula por parte do educador que um muro invisível automaticamente se ergue; muro esse que dificilmente será transposto pelo jovem para um diálogo franco.

Todos temos a nossa cota de responsabilidade para com a sociedade na qual vivemos, e a parte que nos cabe tem a ver com a educação.

As questões comportamentais na área do sexo precisam ser tratadas com a seriedade que o ambiente escolar merece e dentro da contribuição formadora que a escola pode dar.

A ignorância dos nossos jovens com relação a questões sexuais e conflitos nessa área e o fato de eles não encontrarem canais para conversar sobre esses temas contribuem para o aumento dos casos de depressão e outras neuroses.

Todos temos a nossa cota de responsabilidade para com a sociedade na qual vivemos, e a parte que nos cabe tem a ver com a educação.

As questões comportamentais na área do sexo precisam ser tratadas com a seriedade que o ambiente escolar merece e dentro da contribuição formadora que a escola pode dar.

19

capítulo 19

o pedido de socorro dentro de casa

muitos jovens estão de braços erguidos dentro de casa, pedindo socorro sem ser vistos.

A luta pela sobrevivência e os compromissos que absorvem os pais vêm trazendo para as nossas relações a manifestação da inacreditável invisibilidade.

Não são poucos os casos de jovens de famílias que aparentam ter tudo que se entregam ao suicídio. O que está acontecendo?

Venho comentando o tema do abandono afetivo experimentado por muitas crianças e adolescentes ao longo deste livro, mas ainda quero falar mais sobre isso, insistir.

Algumas famílias fixam sua atenção apenas no conforto material e acabam se esquecendo de que o que traz equilíbrio e paz para qualquer ser humano é a segurança emocional. O jovem precisa estar feliz consigo mesmo tanto quanto vivenciar um ambiente seguro no lar.

Em uma sociedade como a nossa, iludem-se aqueles que acreditam que podem viver em uma ilha de felicidade quando o oceano tempestuoso das lutas humanas se agita à nossa volta. Devemos conscientizar as nossas crianças e os nossos jovens de que eles fazem parte deste mundo, um mundo que tem coisas boas e outras nem tanto.

Alguns jovens estão matriculados em boas escolas, passeiam cercados de amigos pelo *shopping* e não lhes falta nada para que transitem dentro do estereótipo de felicidade que a sociedade propõe, e seus pais acabam relaxando sobre a segurança emocional. Essa realidade de bonança é só aparente, falsa, pois uma vida socialmente feliz não garante felicidade genuína para o público infantojuvenil. É preciso ir além das aparências.

Os filhos pedem socorro, os adultos pedem socorro, mas temos dificuldade em sair da nossa ilha particular para observar o que ocorre à nossa volta.

Quando nos damos conta de que algo não caminha bem, acreditamos que presenteando o educando com um bem material expulsaremos a tristeza que ele carrega dentro de si. Elegemos a política de dar coisas para atender necessidades mais subjetivas, carências que os olhos não veem. É certo que nossos filhos têm desejos materiais, mas o que eles querem é nos ter presentes em suas vidas. Eles anseiam por alguém que revele amor por meio do interesse e da preocupação, que diga com clareza: "Pego no seu pé porque te amo!".

Ao mesmo tempo, e é preciso ter sensibilidade para isso, precisamos permitir que eles se frustrem e experimentem a queda nascida das escolhas infelizes. Quando isso acontece, não devemos promover *terrorismo* emocional, massacrando-os com frases feitas: "Eu te disse, eu te disse, eu não te disse?". Ou soltar o clássico e dilacerante: "Bem-feito, não te avisei?".

A parte mais complicada de ter que lidar com seus próprios erros são justamente as oportunidades mais preciosas que nossos filhos terão para desenvolver uma relação de confiança e intimidade conosco. Ninguém conta seus problemas e erros para aquele em que não confia. Então, seja lá o que for que seu filho tenha feito, não o ridicularize com seu julgamento e respeite-o em sua dor.

Aproveite o momento para demonstrar o seu amor e a sua compreensão, mesmo que isso lhe custe lágrimas.

Existem muitas maneiras de demonstrar autoridade sem utilizar ironia e escárnio; lembre-se: isso os fere emocionalmente. Quando o equívoco acontecer, você pode dizer: "Filho, teu pai te ama, faz um esforço para ouvir minhas palavras, porque eu também já errei em outros momentos".

A maneira como nos dirigimos aos nossos filhos muda e transforma os relacionamentos.

A eles, já basta o peso do próprio erro, e, se houver sensibilidade do educador para construir nesse contexto uma ponte entre os corações envolvidos, o resultado será benéfico para todos.

Então, volto a repetir: preste atenção nos seus filhos, pois eles podem estar pedindo ajuda.

Não são poucos os casos de jovens de famílias que aparentam ter tudo que se entregam ao suicídio. O que está acontecendo?

Uma vida socialmente feliz não garante felicidade genuína para o público infantojuvenil. É preciso ir além das aparências.

Os filhos pedem socorro, os adultos pedem socorro, mas temos dificuldade em sair da nossa ilha particular para observar o que ocorre à nossa volta.

Preste atenção nos seus filhos, pois eles podem estar pedindo ajuda.

20

capítulo 20
o garoto transgênero

20

No auditório de uma das escolas em que fiz uma palestra, fui crivado de perguntas de todos os tipos.

Respondi a todos na medida do possível, e o tempo da atividade chegou ao fim.

Depois de respondida a última indagação, uma grande fila se formou para as despedidas e os abraços grátis. Ao sair da sala, ainda fui seguido por alguns alunos que me cercaram no pátio e me fizeram mais perguntas.

Notei que, de longe, uma garota me acompanhava com o olhar. Assim que fiquei sozinho e as pessoas responsáveis por me levar de volta ao hotel se aproximaram, ela me abordou. Percebi que ela usava um corte de cabelo como o de garotos, e sua roupa também era masculina.

Sem rodeios, ela disse:

— Estou passando por alguns problemas e queria falar com você.

— Estou à sua disposição! – respondi, fazendo sinal para que meus anfitriões me deixassem conversar com ela.

Eles compreenderam e se afastaram.

— Sou um garoto transgênero e estou tendo dificuldades em minha casa.

— Pode abrir seu coração! – eu disse, tentando deixá-lo à vontade.

— Já me assumi para a minha mãe, mas o grande problema é o meu pai. O que eu faço para ele me aceitar?

— Não faça nada! Deixe seu pai quieto, com o tempo dele. O fato de você ser um garoto transgênero não implica conseguirem entender a sua realidade. Você não precisa impor uma aceitação por parte de ninguém, isso deverá acontecer de maneira natural. Algumas pessoas vão te entender e aceitar; outras, não, e nada pode ser feito sobre isso.

— Mas eu já escolhi até o nome que quero ter! – ele falou, interrompendo-me.

— E qual é o nome que você quer ter?

Ele me disse e imediatamente o tratei pelo nome masculino, o que o fez sorrir, então, percebi que o elo de confiança tinha sido criado.

— Garoto – disse eu, chamando-o por seu nome escolhido –, acalme seu coração e cuide da sua vida neste momento. Não deixe de atender aos compromissos que você tem. Isso é o mais importante!

— Mas o que eu faço? – ele indagou.

— Estude, cumpra com suas obrigações sem usar como justificativa para rebeldia o fato de não ser aceito por alguns. Busque sua formação e aja normalmente, como qualquer garoto. Cumpra seus compromissos com responsabilidade, porque muita gente, devido à opinião dos outros, deixa de lado as conquistas da escola para ser um rebelde sem causa, sem diploma e sem emprego. Não force a aceitação do seu pai agora. Prove a ele que seu caráter não está na sua condição de gênero.

— E se eu me apaixonar por uma garota?

— É claro que você vai se apaixonar por uma garota, e, quando isso acontecer, seja uma pessoa digna. Ame e respeite sua namorada sem traição e promiscuidade. Seja fiel e leal.

Seu rosto se iluminou e nos abraçamos.

Tempos depois, passamos a nos corresponder por meio de uma rede social. Ele segue com suas lutas, mas está esclarecido quanto à necessidade de batalhar pela própria felicidade e agir de maneira digna e consciente. E não vai se matar pelo fato de encontrar resistência no pai, tampouco deflagrará a terceira guerra mundial dentro de casa, porque está aprendendo a aceitar as pessoas como elas são, assim como ele deseja ser aceito.

E essa foi mais uma das lições que a vida me trouxe, e que teria muita importância para o que viria a acontecer mais tarde em minha própria vida. Mas essa história vai ficar para páginas mais adiante...

O fato de ser um transgênero não implica que outros consigam entender essa realidade. O transgênero não precisa impor uma aceitação por parte de ninguém, isso deverá acontecer de maneira natural. Algumas pessoas vão entender e aceitar; outras, não, e nada pode ser feito sobre isso.

O caráter não está na condição de gênero.

É necessário batalhar pela própria felicidade e agir de maneira digna e consciente.

21

capítulo 21
a profissão dos pais e a profissão dos filhos

Uma questão delicada que pode provocar muitos conflitos entre pais e filhos é a da profissão.

Em algumas situações, os filhos não conseguem dizer não aos pais e, por conta dessa limitação, acabam buscando a formação em um campo profissional que não lhes garante uma vida feliz, ou seja, acabam não fazendo algo de que gostem.

É recorrente nos meios educativos a colocação de que só produzimos bem aquilo que faz nosso coração feliz.

Precisamos deixar claro que as pequenas insatisfações geram, ao longo do tempo, os grandes conflitos emocionais. De repente, a criatura que aparentava ter uma vida equilibrada surge como um ser humano depressivo, e revela, com o passar do tempo, suas fragilidades emocionais.

Então, busca um profissional da área da saúde humana para identificar a gênese do mal psíquico. Pesquisa daqui, cava dali, até que descobre que a infelicidade de hoje foi gerada pelo desejo de levar felicidade e atender apenas ao que os outros esperavam da sua conduta.

Os consultórios vivem cheios de pessoas conflitadas por uma insatisfação que carregam, mas da qual, possivelmente, desconhecem a causa. Essa realidade vale para pais, professores e educandos.

Ninguém é capaz de saber o que se passa no coração e na mente do outro.

Muitos jovens se deixam levar pela ascendência dos pais e pelo desejo de não os decepcionar. Então, buscam a realização de um sonho que na verdade não é deles, e não se apercebem de que estão entrando em um emaranhado de conflitos emocionais dos mais complicados.

Pessoas há que passam pela vida alimentando um desgosto profundo porque, em dado momento, não ousaram dizer não.

Os pais precisam aprender a lidar com o fato de que os filhos desejam trilhar caminhos diferentes daqueles que eles acreditam ser o melhor – e a aceitar esse fato.

Cada criatura aspira por aquilo que o coração pede, pois o amadurecimento psicológico de cada um transita em uma faixa de entendimento diferente. Enquanto muitos acreditam que a medicina é o caminho para a felicidade, alguns jovens querem se dedicar ao teatro, por exemplo.

Precisamos mudar a nossa perspectiva do que vem a ser felicidade de verdade. Ser feliz é atender à alma em suas aspirações mais nobres, e não alcançar uma formação acadêmica que não tem nada a ver com a essência do ser.

Normalmente, a felicidade genuína está vinculada aos prazeres e às alegrias que plenificam emocionalmente o ser humano, como a boa saúde, a paz e a motivação para viver.

A vida precisa de sentido, e ninguém encontra sentido nas coisas que violentam psiquicamente.

Em termos de profissão, a busca pelo diálogo é sempre o melhor caminho, mas é preciso alertar que a imposição de uma profissão por parte dos pais ou responsáveis certamente colaborará para o aumento do número de jovens depressivos.

A sociedade já está farta de advogados tristes, psicólogos em conflito, psicanalistas confusos e engenheiros de poesia. Tudo o que vai contra a natureza humana contribui para o aumento no número de criaturas conflitadas.

O aluno que não tem aptidão para matemática deve ser respeitado, e não execrado. Os que amam história, mas não cursam a faculdade porque aceitam o discurso das pessoas de que professor de história ganha pouco e não tem futuro, sentirão mais à frente o desgosto de não terem atendido ao ideal do próprio coração. Um funcionário que cumpre a jornada de horas em um trabalho de que não gosta tem grandes possibilidades de resvalar em um processo depressivo.

Diante dessa realidade, é preciso buscar uma formação profissional que não vise apenas o dia do pagamento, mas, sobretudo, a satisfação pelo modo com que viveremos nossas vidas no ambiente de trabalho, que certamente consumirá muitas das horas de nossa existência.

Em algumas situações, os filhos não conseguem dizer não aos pais e, por conta dessa limitação, acabam buscando a formação em um campo profissional que não lhes garante uma vida feliz, ou seja, acabam não fazendo algo de que gostem.

Normalmente, a felicidade genuína está vinculada aos prazeres e às alegrias que plenificam emocionalmente o ser humano, como a boa saúde, a paz e a motivação para viver.

É preciso buscar uma formação profissional que não vise apenas o dia do pagamento, mas, sobretudo, a satisfação pelo modo com que viveremos nossas vidas no ambiente de trabalho.

22

capítulo 22

a falta de confiança dos pais

22

Fui convidado a fazer uma palestra em uma escola e, enquanto atravessava o pátio, fui interpelado por um adolescente que chorava muito.

Embora ele estivesse exposto no pátio – que dava acesso às salas de aula –, a dor era maior do que a vergonha. Então, ele não teve receio em se mostrar. Nos abraçamos e ele chorou no meu ombro. Após alguns segundos, indaguei:

— O que aflige o seu coração?

Ele pediu desculpas pela manifestação e disse:

— São os meus pais...

— O que houve com eles?

— Eles me pegaram fumando maconha e perderam a confiança em mim.

E voltou a chorar.

— Fique calmo, isso pode ser revertido – procurei consolá-lo.

— Como faço para ter a confiança dos meus pais novamente? O senhor me ajuda?

Nos abraçamos novamente, e eu disse:

— Bem, você vai precisar ser tudo aquilo que eles acreditavam que você era. O processo vai ser longo, mas tudo será revertido. Só não se esqueça de que tudo depende mais de você do que deles. Eles vão ficar desconfiados por um bom tempo. Suspeitarão dos seus amigos e você terá que entender o medo deles. Se conseguir fazer isso, tudo voltará ao normal.

— Tem certeza?

— Tenho, sim! Seus pais amam você, assim como suas lágrimas sinceras são uma grande declaração de amor por eles também. Mas em uma situação como essa, o amor vai te pedir sacrifício e coragem. Atenda sempre aos seus pais porque, depois desse susto, você aprendeu que não existe nada no mundo mais importante do que o amor dos seus pais.
— O senhor tem razão...
— Alguns amigos de "baseado" vão te procurar. E vão ironizar a sua vontade de não atender mais aos convites deles.
— Eu vou resistir!
— Estude, faça o seu melhor, não espere que seus pais te peçam para fazer coisas que dizem respeito à sua vida. Se fizer isso, tudo vai ficar bem.
Após mais alguns minutos de conversa, ele me agradeceu muito e voltou para a sala de aula.
Tenho me deparado com muitos jovens que caem nas tentações oferecidas pelo mundo e que não conseguem mais voltar porque são rotulados de maconheiros e viciados.
A violência emocional é tão ou mais grave do que uma agressão física; por isso, pais e educadores, prestemos atenção à violência das palavras e à condenação da atitude alheia.
Quem transita em ambientes educativos se depara muitas vezes com situações como essa, que não precisam ser demonizadas, pelo contrário; precisamos apenas chamar os jovens à responsabilidade, sem humilhá-los.

Em outra cidade, após a palestra, a mãe de um dos alunos veio me procurar e começou a amaldiçoar a vida, dizendo impropérios, alegando que havia se dedicado tanto à educação do filho e que agora ele havia destruído a vida dela.

Depois que ela desabafou com todas as lamentações possíveis, indaguei qual fora o crime praticado por seu filho.

Ela me disse que havia encontrado um cigarro de maconha no bolso da camisa dele, e, novamente, começou a vociferar e a xingar.

Eu a interrompi:

— Seu filho estuda?

— Estuda.

— É um bom aluno?

— Excelente aluno.

— Respeita a senhora?

— Tirando esse crime, respeita, sim.

— Ele some de casa para fumar maconha?

— Não, senhor, ele é obediente e acata as minhas ordens.

— E o seu filho é um criminoso por ter cometido um erro? A senhora não acha que a valorização desse erro fará com que ele abandone o comportamento equilibrado que tem? Será que a senhora não está valorizando o erro de um filho que tem tantas virtudes? É claro que ele se equivocou fumando maconha, mas é no engano que nossos filhos precisam de compreensão. Se os apedrejamos quando erram, não corremos o risco de vê-los se afastando mais e mais das nossas vidas?

Ela baixou a cabeça.

— Seu filho não precisa que a senhora passe a mão na cabeça dele, pelo contrário, fique brava e brigue com ele, mas estenda a mão e diga que confia nele para que esse equívoco não ocorra mais.

Ela não disse nada, mas sorriu discretamente.

A condenação pelo mundo já é dolorosa, imagine então o peso da condenação pelos pais!

Precisamos tomar cuidado para que o peso dos nossos medos não projete no educando um mal maior do que o próprio ato praticado.

Mesmo que a situação gere constrangimento a princípio, é fundamental não tomar nenhuma atitude enquanto não houver discernimento suficiente para a primeira conversa, de preferência no dia seguinte, para, só depois, tomar alguma atitude. E que essa atitude venha para acolher e nunca para condenar.

Pais e educadores, prestemos atenção à violência das palavras e à condenação da atitude alheia.

A condenação pelo mundo já é dolorosa, imagine então o peso da condenação pelos pais!

Precisamos tomar cuidado para que o peso dos nossos medos não projete no educando um mal maior do que o próprio ato praticado.

Mesmo que a situação gere constrangimento a princípio, é fundamental não tomar nenhuma atitude enquanto não houver discernimento suficiente para a primeira conversa, de preferência no dia seguinte, para, só depois, tomar alguma atitude. E que essa atitude venha para acolher e nunca para condenar.

23

capítulo 23
drogas na sala de aula

23

Convidado por uma instituição financeira para participar de um projeto de pacificação nas escolas mais violentas de uma grande capital no sul do país, refleti sobre a contribuição desse projeto, de nome Território da Paz, à causa.

Como a experiência traria um aprendizado raro para o meu trabalho, aceitei, mesmo porque, nessa época, eu residia nessa metrópole. Anotei o endereço e, de carro, dirigi-me ao subúrbio da grande cidade.

Assim que cheguei ao local, fui avisado para que não deixasse o veículo ali, pois havia grandes chances de ele ser depredado ou roubado. Dirigi-me à secretaria da escola e pude guardar o automóvel no estacionamento destinado aos professores.

Fui recebido com grande entusiasmo pela coordenadora pedagógica e pelos demais membros da direção da instituição.

O corpo educativo do colégio ansiava por projetos novos que o auxiliassem a levar mais esperança para uma comunidade carente e com altos índices de violência.

Da instituição financeira estavam presentes os responsáveis pelo belo projeto, que também me receberam com positiva expectativa.

A sala em que aconteceria o encontro estava pronta, e a diretora, então, permitiu a entrada dos jovens. Percebi a rebeldia característica do período juvenil no semblante de cada um, e com um detalhe: as marcas do desamor estavam estampadas nas faces embrutecidas. Também vi as cores da descrença, do descaso, do abandono e da desestruturação familiar.

Alguns jovens derrubaram carteiras escolares propositadamente, para chamar atenção, e o susto com o barulho fez meu coração disparar. Risos eclodiram, refletindo a ironia nas faces de semblante desafiador. Outros me olharam de cima a baixo, certamente tentando entender de que assunto trataríamos.

Depois que todos entraram, a diretora tomou a palavra e agradeceu aos representantes da instituição financeira pelo projeto e a todos os presentes, e apresentou-me como um escritor de literatura infantojuvenil.

Enquanto ela falava, lembrei-me dos primeiros jovens com os quais tive contato na minha cidade natal, Guarujá, em São Paulo.

É claro que os jovens da antiga Fundação Centro de Atendimento Socioeducativo ao Adolescente (Febem) eram infratores privados de liberdade, mas pude constatar que também os garotos e garotas daquela escola estadual eram privados de algo muito importante: afeto.

Eles eram parte de uma população de jovens que, infelizmente, existe em todo o país, e que são rotulados por muitos na sociedade como aqueles que nunca darão certo.

A diretora me passou a palavra e comecei a contar algumas histórias. À medida que os minutos avançavam, pude sentir claramente que minha fala não atingia meus objetivos, não atingia o coração de ninguém.

Cochichos ecoavam na sala e piadinhas sobre mim eram feitas em tom jocoso.

No fundo da sala, quatro rapazes estavam sentados com os pés sobre a cadeira dos colegas da frente e me olhavam com deboche.

Alguns alunos, com o celular na mão, faziam questão de demonstrar indiferença ao que eu dizia.

Eu tinha que manter a serenidade, sem me importar com aqueles que desejavam atrapalhar o trabalho. Tinha que dar o meu melhor, pois, no meio dos displicentes, havia alguns corações desejosos de me ouvir.

Percebendo a situação hostil, decidi usar recursos psicológicos mais contundentes. Comecei a falar sobre relacionamentos entre pais e filhos. Adentrei o território dos sentimentos familiares, e foi então que o discurso começou a mexer com todos.

Alguns garotos e garotas ficaram emocionados e derramaram lágrimas discretamente, pois não queriam ser vistos pelos demais alunos como alguém que chora e se emociona.

Os quatro rapazes sentados no fundo da sala ainda persistiam na tentativa de atrapalhar, e o que parecia ser o líder deles falou alto para que eu escutasse: "Vamos oferecer uma carreira de pó para esse coroa. Se ele quiser, nós vamos buscar agora!". Fingi que não era comigo e prossegui no discurso mais eficiente para vasculhar a alma e o coração de um jovem: a família.

Os garotos do "fundão" silenciaram e começaram a prestar atenção ao que eu dizia.

Voltei a contar histórias, mas, dessa vez, histórias mais próximas da realidade deles.

Quando faltavam uns dez minutos para o encerramento da minha participação, decidi ousar ainda mais: enquanto falava, caminhava de um lado para o outro da sala, e, em dado momento, fui até a mesa do professor, peguei uma caneta e uma folha de papel sulfite e, sem interromper a minha fala, escrevi duas palavras com letras bem grandes para que os alunos pudessem ler: ABRAÇOS GRÁTIS!

Durante os minutos que me restavam, caminhei entre os alunos segurando o cartaz improvisado em frente ao meu peito. Encerrei o encontro falando da emoção e da honra de estar ali, junto com eles, e da importância que eles teriam para a minha vida a partir daquele dia.

Quando terminei de falar, os adolescentes me aplaudiram e, em seguida, formaram uma fila para me abraçar. Durante a troca de afeto, ouvi, baixinho, agradecimentos e confissões.

O que ficou registrado na minha memória, e que conto agora, foi o que um dos quatro jovens que me desafiaram durante a palestra disse no meu ouvido: "Nunca fui tratado com o respeito que tive aqui hoje".

A cada abraço, meu coração se enchia de gratidão pela oportunidade de estar ali com eles.

A falta de afeto nascida da indiferença é a grande miséria da vida humana hoje. O câncer que mais mata no mundo hoje é a indiferença, que, infelizmente para muitas crianças e jovens, começa dentro do lar.

A violência é um sintoma da enfermidade maior, que é a falta de amor e de cuidado.

Pais, professores, jovens: todos precisamos nos alimentar de respeito e de afeto. Vivemos e somos movidos por sonhos, mas, primeiramente, por sentimentos amorosos que dão sentido à nossa vida.

Para os professores que vivem a rotina diária do enfrentamento em uma comunidade muitas vezes hostil é realmente desalentador.

Percebemos que a escola existe com a finalidade de auxiliar na construção da asa da sabedoria para que os alunos enfrentem a vida, mas é o humano que acaba falando mais alto. Principalmente quando um aluno chega à sala de aula com marcas de violência física trazidas do lar.

Já as marcas na alma todos temos, devido às questões de penúria material e miséria moral, mesmo no ambiente das escolas particulares, no qual se supõe que as questões materiais estejam equacionadas. Essa realidade independe de conta bancária.

Entendemos que, assim como capacitações pedagógicas, temos a necessidade de capacitações psicológicas. Isso demonstra claramente que o educando é um ser integral, assim como pais e professores, e que todos precisamos nos fortalecer psicologicamente para termos uma vida mais saudável.

A falta de afeto nascida da indiferença é a grande miséria da vida humana hoje. O câncer que mais mata no mundo hoje é a indiferença, que, infelizmente para muitas crianças e jovens, começa dentro do lar.

A violência é um sintoma da enfermidade maior, que é a falta de amor e de cuidado.

Pais, professores, jovens: todos precisamos nos alimentar de respeito e de afeto. Vivemos e somos movidos por sonhos, mas, primeiramente, por sentimentos amorosos que dão sentido à nossa vida.

24

capítulo 24
professores fragilizados

Paralelamente aos convites para palestras voltadas a adolescentes, chegavam também propostas para eventos voltados aos professores.

Um desses convites me chamou muito a atenção. Na cidade em que realizaria o encontro existia um projeto de inclusão de alunos com defasagem de aprendizagem, alguns deles também com problemas comportamentais. Acontece que, devido à dificuldade de lidar com esse perfil de alunos, a evasão dos professores designados para o projeto ocorria rotineiramente.

Aceitei o convite e parti para mais esse desafio.

O apelo do diretor era para que eu falasse ao coração desses professores, que tinham, evidentemente, suas fragilidades emocionais, o que os fragmentava psicologicamente para a convivência com alunos em processo de aprendizado tão difícil e delicado.

Alguns educadores não conseguiam deixar do lado fora da sala de aula as próprias lutas e dificuldades da vida pessoal, um fator complicador quando se leciona para um grupo de adolescentes com características tão singulares.

Sem governar a si mesmo, o ser humano se torna um joguete das ações vindas do contexto exterior por parte do seu semelhante.

Para introduzir a minha fala, levei comigo um vídeo tocante, comovente, cujo tema principal era o reencontro dos filhos com os pais que retornavam da guerra.

Levei também um livro de bolso de minha autoria chamado *Psiu!*, uma coletânea de pequenas mensagens para algumas dinâmicas que seriam realizadas com os educadores.

A sala já estava preparada, e dei início à atividade.

Durante a apresentação do vídeo, alguns professores foram às lágrimas. Assim que a projeção terminou, caminhei até uma professora e perguntei:

— Posso te dar um abraço?

Imediatamente e aos prantos, ela se levantou para me abraçar e, ao mesmo tempo, professores e professoras começaram a se entregar ao mesmo gesto.

Observei abraços emocionados, gestos de reconciliação, outros de aproximação.

O ambiente ganhou características mais humanas e nos sentimos mais unidos.

Falei durante uma hora. Fizemos as dinâmicas que tinham como objetivo principal fazer desabrochar a humanidade de cada um.

Os professores haviam marcado uma reunião que deveria acontecer depois da minha palestra; eles falariam sobre os desafios enfrentados por aquela escola. Mas, ao término do encontro, a reunião foi cancelada.

Foi-nos servido café e, após alguns momentos, o diretor da escola me procurou e disse:

— Gostamos muito da sua intervenção e queríamos convidá-lo a falar com os nossos alunos.

— Quantos alunos são? – eu quis saber.

— Duzentos e quarenta.

Concluí que não seria tão fácil lidar com duzentos e quarenta alunos com características tão desafiadoras.

Mas, vendo ali a possibilidade de novos desafios e aprendizados, aceitei.

Minha única exigência foi que os alunos fossem divididos em quatro turmas de sessenta indivíduos; o número menor de participantes facilitaria a minha intervenção.

Evidentemente, eu contaria com a ajuda dos professores de cada turma durante a atividade.

Minha volta a essa cidade ocorreria em aproximadamente quinze dias e, nesse período, seria preciso elaborar uma estratégia pedagógica que surtisse efeito na sensibilização dos alunos. Seria preciso fazer algo diferente de tudo a que estavam acostumados no ambiente escolar, mas sem perder o foco na educação.

Na verdade, o desejo era adentrar o campo emocional dos alunos e revelar o ser humano e as carências que cada um carregava dentro de si.

E assim aconteceu...

Alguns educadores não conseguem deixar do lado fora da sala de aula as próprias lutas e dificuldades da vida pessoal.

Sem governar a si mesmo, o ser humano se torna um joguete das ações vindas do contexto exterior por parte do seu semelhante.

É preciso fazer desabrochar a humanidade de cada um.

25

capítulo 25
alunos rotulados

25

A complexidade da situação enfrentada em uma escola ao fazer uma palestra às vezes demanda de mim uma ação assertiva, para que não se percam o efeito e a oportunidade de chegar aos corações dos alunos.

Alguém pode indagar: "Por que chegar aos corações?". Eu respondo: para desenvolver no educando aquilo que muitas vezes ele não traz do lar – o senso de respeito e de fraternidade. Além do mais, quando o coração é tocado, o processo educativo se desenvolve com tranquilidade. Esse "caminho" é especialmente valioso quando se está diante de jovens carentes, vindos de famílias desestruturadas; em ambientes assim, é urgente chegar ao coração dos educandos e estabelecer uma relação de confiança.

Quantos adolescentes estão acostumados a receber um "não" em seus lares? Alguns vivenciam em família uma relação de extrema permissividade e, com isso, acreditam que todos os seus desejos são direitos adquiridos. Então, eles vão para a escola acreditando que podem tudo. De repente, deparam-se com um professor que impõe limites às suas vontades e, nessa hora, o confronto se estabelece.

É nesse momento que as fronteiras do lar e da escola se confundem. Existem pais que não veem o professor como aliado, mas como alguém que nega um direito aos seus filhos.

•

O diretor da escola em que eu faria palestras para duzentos e quarenta alunos[3] me recebeu com um sorriso largo e muita expectativa positiva. O dia certamente reservava muitas emoções.

Eu não havia pensado, para aquela palestra, em outro instrumento que não fosse a pedagogia do coração. Levei o mesmo vídeo que havia usado no encontro com os professores (sobre o reencontro de pais que haviam retornado da guerra com seus filhos), mas, nesse dia, deixei de fora o livro de bolso, *Psiu!*.

Carregava na mente algumas histórias para contar àqueles jovens tão especiais, carentes e oriundos de famílias desestruturadas.

Fui, então, levado para a sala onde aconteceria o encontro. Tudo estava preparado, e os professores já haviam sido avisados. Assim, chegou o grande momento: os alunos foram autorizados a entrar.

Nem mesmo na escola mais violenta de uma capital que eu visitara anteriormente eu havia encontrado um ambiente tão hostil. Os alunos entraram, alguns deles derrubando as carteiras escolares. Passavam por mim e riam de maneira desafiadora. Os professores intervinham, procurando minimizar a situação de agressividade psicológica e desconforto.

---

3. Ver capítulo 24.

Após alguns minutos, finalmente, os primeiros sessenta alunos se acomodaram. (Eu havia combinado anteriormente com o diretor da escola que atenderia todos os alunos, mas em grupos menores para facilitar o trabalho com eles.)

O diretor seguiu o "protocolo": apresentou-me, falando do meu trabalho como escritor e coisas assim, e pediu que todos colaborassem fazendo silêncio durante a minha fala.

Com a palavra, cumprimentei-os, relatando minhas experiências e limitações, que em muito se assemelhavam às deles. Eles riram entusiasmados quando eu disse que escrevi redações para os meus colegas de escola durante o 7.º ano.

Gradativamente, eu avançava em direção a eles.

Então, passei o vídeo e fiquei muito atento, observando o semblante de todos, enquanto na tela a imagem mostrava filhos que abraçavam seus pais de maneira emocionante.

Assim que o vídeo terminou, escolhi o adolescente que tinha um alargador na orelha, que chamava muita atenção, e caminhei em sua direção. Todos os jovens me acompanharam com o olhar, em silêncio. Quando me posicionei ao lado do rapaz, perguntei:

— Posso te dar um abraço?

Ele ergueu a cabeça e, manuseando um chaveiro entre os dedos da mão direita, respondeu com uma indagação:

— Tu "quer" me abraçar por quê?

Professores e o diretor olhavam a cena com expectativa.

— Quero te abraçar porque o seu abraço é importante para mim – respondi.

Ao ouvir a minha resposta, ele se levantou e me abraçou, e todos os alunos aplaudiram com entusiasmo.

Olhei para o diretor, que nos observava, emocionado.

Depois daquele encontro, vim a saber que aquele adolescente não tinha pai nem mãe.

O vínculo entre os alunos e eu estava formado, e segui contando histórias. Depois da minha fala, iniciamos o período reservado para as perguntas.

Os questionamentos iam desde a curiosidade sobre livros até questões sobre sexualidade.

À medida que os minutos passavam, ficava muito clara para mim a necessidade de se trabalhar conteúdos programáticos juntamente com o processo que chamo de "inclusão emocional".

A iniciativa de reunir os alunos com defasagem no aprendizado em uma única escola talvez fizesse com que eles se sentissem segregados, mas, principalmente, rotulados como aqueles que jamais dariam certo na vida.

Meu trabalho ali era dizer como cada um deles era importante, e que pessoas que têm dificuldade em um campo podem ser extraordinárias em outro.

Após o término do encontro com a primeira turma, fiquei na porta da sala, colhendo os abraços daqueles que desejassem me abraçar. Foi emocionante, e o corpo diretivo da escola se animou.

A mesma realidade se repetiu com as outras três turmas. Emoção, choro, gargalhadas e abraços.

Aqueles duzentos e quarenta alunos eram jovens que, tanto quanto os professores, precisavam humanizar-se para conviver.

Passados alguns dias das atividades naquela escola, fomos convidados pela secretária de educação da cidade a desenvolver um projeto remunerado para aqueles jovens.

Aceitamos o convite e, quinzenalmente, íamos àquela escola para trabalhar a autoestima e conceitos éticos morais com os alunos.

A arte foi um recurso precioso.

A contação de histórias era o recurso mais apreciado e a ponte larga pela qual ministrávamos os valores que desejávamos passar.

Segundo o diretor, na escola havia um lugar denominado "cantinho do pensamento", para onde eram encaminhados os jovens que, de alguma forma, infringiam as normas de conduta estabelecidas. Durante o desenvolvimento do projeto de inclusão emocional, esse cantinho perdeu a frequência.

Se existe alguém capaz de transformar uma sociedade, esse alguém é o professor. O professor pode entrar na alma do educando e despertar ali valores nobres que o tornam consciente da força que traz em si.

•

Em contato recente com a secretaria de educação daquela cidade, fui informado de que o modelo educativo de unir, em uma mesma escola, alunos com dificuldade de aprendizado foi abandonado por não condizer com uma prática pedagógica coerente.

Vibrei com a notícia, porque é nossa responsabilidade como educadores criar métodos educativos que não ressaltem que grupo B é diferente de grupo A. Ações separatistas não resolvem as questões comportamentais e de aprendizado.

Cada aluno, dentro da sua especificidade psíquica, aprenderá o que a sua percepção cognitiva alcançar.

Nos dias em que convivi com aqueles jovens, presenciei delicadas situações da alma humana que ficaram registradas em meu coração.

Como educadores, pais ou professores, precisamos entender que a arte de ensinar não fica restrita apenas a transferir conteúdos pedagógicos, mas, acima de tudo, ensinar é entrar na alma do outro e lançar sementes que construirão uma visão mais esperançosa de mundo e valores novos.

Mesmo que a situação em geral não seja tão favorável, ainda assim os construtores de asas devem apontar voos novos para o educando.

É nossa responsabilidade como educadores criar métodos educativos que não ressaltem que grupo B é diferente de grupo A. Ações separatistas não resolvem as questões comportamentais e de aprendizado.

Cada aluno, dentro da sua especificidade psíquica, aprenderá o que a sua percepção cognitiva alcançar.

Como educadores, pais ou professores, precisamos entender que a arte de ensinar não fica restrita apenas a transferir conteúdos pedagógicos, mas, acima de tudo, ensinar é entrar na alma do outro e lançar sementes que construirão uma visão mais esperançosa de mundo e valores novos.

Mesmo que a situação em geral não seja tão favorável, ainda assim os construtores de asas devem apontar voos novos para o educando.

26

capítulo 26
afeto × foice

26

Em uma cidade do interior do Brasil, a pergunta de um adolescente se tornou inesquecível: "O meu pai corre atrás de mim com uma foice. O que eu faço para despertar o afeto dele?".

Confesso que precisei de um tempinho para absorver melhor a indagação.

A experiência educativa, em termos de relacionamentos entre pais e filhos, nos mostra que existem filhos mais maduros que os pais e pais que são preparados e agem como verdadeiros mestres no campo educativo dos seus filhos.

A colocação a seguir não é fruto de especulação, mas o resultado do contato direto com os adolescentes.

Uma porcentagem muito grande de jovens se queixa da ausência e do desinteresse dos pais pela vida deles.

Enquanto isso, alguns pais acreditam que atender às necessidades básicas dos seus filhos é o suficiente para que o processo educativo se realize. Infelizmente, não funciona assim.

É necessário desenvolver e fortalecer nossos relacionamentos de maneira saudável no campo afetivo. Prover o corpo de suas necessidades não basta.

Educar também não se resume a um discurso autoritário, que termina por inibir o estabelecimento de uma relação saudável e gera temor no coração dos filhos quanto aos pais.

O medo é uma emoção muito diversa do respeito; ele cria barreiras de difícil superação, tendo como consequência o afastamento do filho ou aluno.

Relações empáticas facilitam a assimilação de conteúdos escolares e fortalecem os laços de união e amizade entre pais e filhos.

O garoto que me indagou sobre como despertar no pai um traço de ternura e afetuosidade estava, na verdade, pedindo socorro, mas sua fala era muito madura. Ele entendia que é possível ter autoridade sem se valer do autoritarismo da foice e, e embora o pai seja grosseiro, o filho procura caminhos para chegar ao seu coração.

Se o pai dele, em algum momento, dissesse que o amava, estaria instaurado no relacionamento algo inquebrantável na esfera afetiva. É por isso que volto a ressaltar a importância de constituir uma ponte – a ponte da conversa – entre pais e filhos, educandos e professores.

Conversar também não diminui a autoridade professoral. Ouvir não nos distancia dos nossos filhos, pelo contrário, nos aproxima, e muito.

Pais e professores podem revisitar os seus conceitos em termos de relacionamento; por que não podem reciclar a didática empregada em suas ações educativas? Eles devem refletir que filhos e alunos necessitam de educadores. Aqueles que deixarão suas marcas na vida dos educandos.

Professores, existem muitos, mas os educadores são poucos. Estes últimos são inesquecíveis e, quando não estão mais presentes em nossas vidas, ainda assim conseguimos enxergar as pegadas luminosas que eles deixaram por meio do exemplo.

Repito, educador de verdade não humilha, pelo contrário; ele exalta o educando e ensina que as fraquezas são degraus pelos quais os grandes aprendizados acontecem.

O pai que corria atrás do filho com uma foice certamente era perseguido em suas noites de dificuldades por "fantasmas" nascidos da falta de afeto na relação com seus próprios pais.

Os pais passam para os filhos valores que fomentam o caráter, todavia, em meio à herança educativa positiva, chegam também os traumas que eles mesmo carregam.

Seria cômodo responsabilizar os pais pelos problemas dos filhos, mas a dificuldade não se restringe apenas àquilo que os genitores desejam passar como expressão educativa. As ideias postas em prática guardam vestígios da educação, nem sempre saudável, que eles mesmos receberam.

O olhar para a educação de uma criança e de um adolescente precisa ir além do que os olhos podem alcançar na configuração familiar atual.

O medo é uma emoção muito diversa do respeito; ele cria barreiras de difícil superação, tendo como consequência o afastamento do filho ou aluno.

Relações empáticas facilitam a assimilação de conteúdos escolares e fortalecem os laços de união e amizade entre pais e filhos.

Conversar não diminui a autoridade professoral. Ouvir não nos distancia dos nossos filhos, pelo contrário, nos aproxima, e muito.

27

capítulo 27
amor não se disputa

Entre as minhas experiências nas escolas com relação aos dramas humanos e familiares que criam dificuldades no aprendizado dos nossos jovens, um caso merece a nossa reflexão aqui.

Em uma das muitas escolas a que fui, uma garota me procurou após a palestra. Estava amparada por uma amiga, pois chorava muito. Tentei acalmá-la.

Quando se sentiu mais confortada, explodiu em um desabafo doloroso (os jovens querem muito conversar e abrir o coração para alguém que neles desperte confiança):

— Meus pais estão separados e minha mãe me usa para atingir meu pai – disse ela, chorando. – Todas as vezes que ele vem me buscar, ela fica me pressionando para que eu peça coisas para ele, principalmente dinheiro. Ele já tem outra família e minha mãe não aceita que meu pai seja feliz.

— E ele, como age com você? – perguntei.

— Ele também fala mal da minha mãe! Tenho vontade de sumir, desaparecer! Eles estão me enlouquecendo. Não sei o que fazer!

Ali, diante dos meus olhos, estava uma adolescente fragilizada, em franco processo de traumatização porque os pais eram mais adolescentes do que ela.

A garota já apresentava dificuldades de aprendizado e o seu rendimento escolar havia despencado.

Antes da separação dos pais, suas notas eram boas e regulares, mas ela estava se tornando uma aluna relapsa e insegura com as suas responsabilidades.

A direção da escola, por meio da orientadora pedagógica, já havia pedido aos pais que comparecessem a uma reunião para conversarem sobre a filha.

Os dois atenderam à convocação, fui informado, mas a reunião que deveria ter tido como objetivo o amparo à filha terminou com uma discussão entre os pais, que se acusaram mutuamente.

Situações como essas se repetem às centenas nas escolas do Brasil: pais infantilizados em seus sentimentos e quereres tornam os filhos reféns dos seus desajustes.

Conversamos bastante, eu e a jovem, e eu a aconselhei a se manter longe, tanto quanto possível, daquela guerra travada por seus pais.

Disse ainda que ela não tinha nada a ver com as escolhas deles e que, por mais que os amasse, cabia a eles resolver determinadas situações.

Alertei-a sobre a necessidade de não carregar consigo, tanto quanto fosse possível, o mal que eles semeavam em suas discussões.

Sugeri a ela que buscasse ajuda com o psicólogo da escola e lhe disse que aquela situação era uma fase, como uma grande tempestade, e que, em algum momento, ela passaria. E que não aceitasse mais levar recados agressivos de um para o outro, pois, embora os amasse, eles precisavam crescer com os próprios erros e ela deveria se proteger para que as discussões não a adoecessem psiquicamente.

Seria fácil? De forma alguma, mas era preciso fazer um esforço, porque, se ela ficasse no meio daquela batalha, iria se tornar a maior vítima da situação.

Algumas circunstâncias são tão complexas que não há muito o que fazer além de jogar a boia salva-vidas para os adolescentes que nos procuram.

Como essa garota existem centenas de adolescentes que precisam de ajuda em situações semelhantes. Já atendi um caso de automutilação de um jovem que se sentia responsável pela separação dos pais.

Precisamos falar mais com os nossos jovens e as nossas crianças sobre como os problemas de relacionamento dos pais não é culpa deles. É um meio de auxiliá-los a navegar em um ambiente em que há desavenças e a se proteger de pais que os usam como armas um contra outro.

Algumas circunstâncias são tão complexas que não há muito o que fazer além de jogar a boia salva-vidas para os adolescentes que nos procuram.

Precisamos falar mais com os nossos jovens e as nossas crianças sobre como os problemas de relacionamento dos pais não é culpa deles. É um meio de auxiliá-los a navegar em um ambiente em que há desavenças e a se proteger de pais que os usam como armas um contra outro.

28

capítulo 28
não me aceito como sou, não aceito minha escola

A mídia apresenta modelos de felicidade e convence as pessoas de que elas só podem ser felizes e realizadas à medida que se enquadrarem nos estereótipos instituídos.

Não são poucos os jovens que experimentam estados de tristeza e depressão porque, ao se olharem no espelho, deparam-se com a realidade e a frustração de não enxergarem ali o que veem nas telas do mundo.

Não bastassem os problemas comuns – muitas vezes a família desestruturada, as dificuldades na escola e outras tantas circunstâncias difíceis –, ainda existe a realidade e a sensação de não pertencimento aos modelos que estão na escola, na balada, em toda parte.

Então, muitos garotos e garotas veem desaparecer o amor-próprio e a autoestima, e passam a viver no mundo dos que não conseguem sonhar, pois não se identificam com os modismos castradores. Aí surge a tristeza, a depressão, a automutilação e o desejo de acabar com a vida, que julgam vazia.

É preciso conversar sobre o papel das mídias que propagam um mundo que não existe, criado por um mercado cruel que apresenta modelos que não guardam identificação com a maioria dos adolescentes.

Todo jovem é um universo especial, e cada qual tem sua beleza própria, não importa o tipo de cabelo, o gênero, a cor da pele etc.

Nada de pensar em suicídio por ter o cabelo diferente daquele do modelo bonito que enfeita a capa da revista!

Todo mundo carrega em si o potencial de realizar o próprio sonho, e existem instrumentos necessários para o aprendizado de busca dos próprios sonhos.

Mesmo que não haja identificação com a turma da escola daquele ano, é importante lembrar que são os diferentes que têm muito a nos ensinar.

Aquele professor cuja fala irrita merece uma chance para se mostrar como realmente é, porque as pessoas não são rótulos, elas têm conteúdo, e, para conhecê-las, é preciso ter paciência.

A família, a escola e a vida não são perfeitas, e todos estamos caminhando para a construção do melhor e do possível nesse momento.

Existem talentos e dons que cada um traz em si, e se aceitarmos a convivência com professores e colegas de turma diferentes, todos sairão ganhando.

Não nos esqueçamos de que, superando com paciência as provas mais difíceis, estaremos cada vez mais fortes. A vida não atende a tudo que desejamos, mas ela é maravilhosa em tudo o que nos oferece.

Temos que valorizar a vida, aproveitar as oportunidades, nos aceitarmos com nossos dons e limitações que caracterizam nossa jornada pelo mundo.

Precisamos uns dos outros justamente como somos!

Todo jovem é um universo especial, e cada qual tem sua beleza própria, não importa o tipo de cabelo, o gênero, a cor da pele etc.

A família, a escola e a vida não são perfeitas, e todos estamos caminhando para a construção do melhor e do possível nesse momento.

Existem talentos e dons que cada um traz em si, e se aceitarmos a convivência com professores e colegas de turma diferentes, todos sairão ganhando.

Não nos esqueçamos de que, superando com paciência as provas mais difíceis, estaremos cada vez mais fortes. A vida não atende a tudo que desejamos, mas ela é maravilhosa em tudo o que nos oferece.

Temos que valorizar a vida, aproveitar as oportunidades, nos aceitarmos com nossos dons e limitações que caracterizam nossa jornada pelo mundo.

Precisamos uns dos outros justamente como somos!

29

capítulo 29
talento escondido

Nesse dia, faria uma palestra em uma escola municipal para adolescentes de 9.º ano.

Fui alertado sobre a situação da escola: a comunidade era muito carente, e os dramas familiares eram muitos.

Chegando lá, fui levado para a sala em que ocorreria o encontro. Enquanto aguardava, a direção da escola me avisou novamente que as coisas por ali não eram fáceis.

No horário combinado, autorizei a entrada dos alunos. Quando a porta foi aberta, a cena que se desenrolou diante dos meus olhos foi a mesma que já havia visto em outras ocasiões: alunos derrubando carteiras e me olhando com desconfiança.

Mas dessa vez ocorreu algo diferente. Alguns garotos e garotas se deitaram no chão da sala de aula e, como tenho o costume de falar e caminhar pelo ambiente, propositadamente eu passaria por cima deles.

Como em outras vezes, a diretora me apresentou. Os alunos aguardavam o escritor e psicanalista que conversaria com eles. Foi com essa expectativa que iniciei a minha fala.

Estavam presentes na sala professores e todo o corpo diretivo da instituição.

Após meia hora de contação de histórias, entrou na sala o presidente da câmara de vereadores da cidade para observar o que fazíamos nas escolas, e o que dizíamos, pois rumores sobre o trabalho já haviam chegado aos ouvidos atentos dos vereadores.

Ao final de quarenta e cinco minutos de fala e pouca interatividade, eu já me convencera de que aquele seria o único lugar até então em que não conseguiria fazer amigos e emocionar os jovens.

No fundo da sala de aula, na última fileira de carteiras, havia um garoto com pernas erguidas e pés apoiados no vidro da janela. Em uma tentativa de estabelecer um momento de confraternização, caminhei até ele e pedi um abraço, mas ele se manteve rígido, resistindo ao meu gesto.

Embora a diretora e os professores tentassem interferir na conduta dele para que me atendesse, o garoto permaneceu imóvel.

"Realmente, hoje será um fracasso", pensei.

Já estávamos nos minutos finais do evento e, em uma última tentativa de evocar um pouco de emoção, perguntei aos alunos:

— Vocês gostam de poesia?

Todos responderam afirmativamente, e qual não foi a minha surpresa ao ser informado de que justamente aquele garoto que não quis me abraçar tinha sido vencedor do concurso de poesia da escola.

Olhei para ele e disse:

— Já que você não quis me abraçar, peço que venha aqui na frente declamar o poema que ganhou o concurso da escola.

A diretora também reforçou o meu pedido, assim como os professores e os outros adolescentes. Levamos alguns minutos para convencê-lo, mas, finalmente, ele se rendeu.

Então, presenciei um verdadeiro ritual. Lentamente, ele tirou os pés do vidro da janela. Ficou de pé e pude ver que sua bermuda estava caída. Sua cueca era muito grande e estava para fora da bermuda, como se fosse um paraquedas aberto. Ele saiu de trás dos colegas e veio caminhando na minha direção com um gingado interessante, balançando o corpo todo. Ajeitou o boné na cabeça. Arrastava os pés, que mantinha com dificuldade dentro dos chinelos de dedo, cujas tiras, pude perceber, ele amarrara com um fio de barbante para que não se desfizessem.

Finalmente, postou-se ao meu lado e pedi que começasse. Nesse instante, desembaraçadamente, ele começou a declamar o poema que havia escrito. À medida que o declamava, minha emoção crescia.

O mais interessante é que ele falava e ainda desenvolvia uma performance como poeta e ator, pois expressava com o corpo o que ia na sua alma.

Seu poema era a sua vida real, nada bonita, cheia de dificuldades. Problemas com a família, problemas com a escola, problemas com a vida. Ao mesmo tempo, revelava senso crítico com certa dose de inocência juvenil.

Enquanto ouvia, fui até a mesa de um professor, peguei uma folha de papel e uma caneta e aguardei o final da bela interpretação.

Pensei em quantos garotos e garotas como ele existem nas escolas do país, transpirando talento sem que ninguém os enxergue.

Percebi nos olhos da professora de português um brilho indefinível. Um olhar marcante, carregado de esperança; um olhar de quem torcia para que a vida não roubasse daquele menino a oportunidade para ser feliz e fazer felizes outras pessoas.

Quando ele terminou de declamar seu poema, estendi-lhe a caneta e o papel e disse:

— Você é muito bom! Pode me dar um autógrafo?

Todos os presentes se surpreenderam com a minha atitude. Ele também.

Então, olhou nos meus olhos e pegou o papel das minhas mãos.

Dentro de mim havia a esperança de que aquele momento representasse para ele a certeza de que um homem que escrevia livros para crianças e jovens acreditava nele. E quando, em algum momento, a dor visitasse a sua vida, meu desejo era o de que aquele poeta adolescente se lembrasse do dia em que um escritor lhe havia pedido um autógrafo. E ele escreveu: "Para Adeilson Salles, um dos meus melhores amigos".

Peguei o autógrafo e o li em voz alta para que todos pudessem ouvir. Em seguida, virei-me para ele e perguntei se o que estava escrito era verdade.

— Eu sou um dos seus melhores amigos?

— Sim! – ele respondeu.

— Já que somos amigos, então podemos nos abraçar. Porque amigos se abraçam.

Ganhei o abraço dele e, no final, sob aplausos, todos nos abraçamos, confirmando a minha crença de que no ambiente acadêmico existe lugar para afeto e respeito.

No ano seguinte, retornei à mesma cidade e fui recebido pelo menino que dera um autógrafo para o escritor. De longe, torcia para que os sonhos daquele garoto não fossem roubados.

Após alguns anos sem voltar à cidade, tive a oportunidade de retornar para fazer novas palestras e visitar escolas. Para a minha tristeza, tomei conhecimento de que o tráfico de drogas tinha roubado os sonhos daquele menino.

Ele começou a declamar o poema que havia escrito. À medida que o declamava, minha emoção crescia.

O mais interessante é que ele falava e ainda desenvolvia uma performance como poeta e ator, pois expressava com o corpo o que ia na sua alma.

Seu poema era a sua vida real, nada bonita, cheia de dificuldades. Problemas com a família, problemas com a escola, problemas com a vida. Ao mesmo tempo, revelava senso crítico com certa dose de inocência juvenil.

Quantos garotos e garotas como ele existem nas escolas do país, transpirando talento sem que ninguém os enxergue.

30

capítulo 30
quando meu filho me disse que era minha filha...

A história a seguir foi vivida por mim. Em essência, pude ficar "grávido", pois, até então, minha filha estava revestida de um corpo masculino, mas teve a coragem de querer nascer e se livrar da disforia que a fez sofrer por muitos anos.

•

Eu andava pelo mundo falando para os pais que eles precisavam prestar atenção nos seus filhos, e foi justamente essa a parte do meu discurso que me trouxe à realidade.

Confesso que, como a maioria dos pais, eu só prestava atenção naquilo que entendia ser importante para que um filho fosse feliz, segundo os padrões tidos como normais.

Mas aprendi que não podem existir padrões de normalidade coletiva quando o ser individual não é feliz consigo mesmo.

Então, eu percorria escolas e, no contato com crianças e jovens, fui descobrindo o diverso, o "diferente", que hoje sei que é normal.

Diferente era eu, que sofria de um daltonismo moral e limitante. As crianças e os jovens foram colorindo a retina da minha alma para que eu enxergasse um mundo mais bonito.

Meu discurso foi mudando e me felicitando por ter a fala alinhada com a vida.

E foram tantos os garotos e garotas que me procuraram pedindo acolhimento emocional que passei a me sentir um pouco pai de todos. Meninos e meninas homoafetivos, garotos e garotas "trans" que se sentiam desembarcados de naves espaciais porque eram vistos como extraterrestres, rejeitados dentro de suas próprias casas.

Ao ser um pouco o pai de todos, descobri o pai que não tinha sido para os meus próprios filhos. O que eu podia fazer, já que o tempo havia passado e meus filhos haviam crescido?

O tempo passou e fui reafirmando meu discurso plural e acolhedor.

Uma lição que aprendi é que a vida, em algum momento, nos convida a colocar em prática os nossos discursos reafirmados e decantados.

E foi assim que, em uma manhã, recebi uma ligação do meu filho, que me contou que estava sendo submetido a um tratamento psiquiátrico porque havia se aceitado como mulher "trans".

Após a notícia, um silêncio em minha alma. Fui asfixiando a herança da educação machista e preconceituosa recebida na minha infância.

As primeiras palavras que proferi, já me sentindo "grávido", foram: "O que isso muda no amor que sinto por você? Eu te amo!".

O silêncio agora vinha do outro lado da linha. Pude ouvir a quietude da alma dela gritando.

Coloquei a mão sobre o meu coração e constatei que ele se dilatara: de forma "não social", eu teria então a oportunidade de "gerar" dentro de mim a essência espiritual que pedia para nascer e por mim ser acolhida.

Senti que no meio daquele turbilhão de emoções eu precisava pedir perdão, e disse: "Me perdoe, ando pedindo aos pais por onde passo para prestarem atenção em seus filhos, e parece que não prestei atenção em você".

Ela, que jamais fora de frequentar qualquer prática religiosa, revelou-se uma cristã de verdade me dizendo que eu não precisava pedir perdão, porque ela me entendia perfeitamente.

Despedimo-nos e senti enjoos e tonturas típicas de uma gravidez. A gestação era real, e a partir do dia seguinte comecei a exercer minha nova paternidade.

Logo pela manhã, enviei uma mensagem de bom dia e já substitui o artigo masculino "o" pelo artigo feminino "a". E soou da minha alma o meu primeiro: "Bom dia, filha!". Depois vieram "Boa tarde, filha", "Boa noite, filha", "Como vai, filha"...

Tive dificuldades para dormir por quinze dias, aproximadamente, não porque tinha uma filha "trans", pelo contrário, mas porque, na verdade, tinha medo do que o mundo poderia fazer com ela.

Fui vencendo o medo e a "gravidez" não corria riscos, jamais a rejeitaria. Sofreria o aborto espontâneo da ignorância, apenas.

Eu era um pai "grávido" por obra do "Espírito Santo"! O anjo Gabriel me visitou em um sonho e disse que os pais não devem rejeitar seus filhos, nunca.

Com voz angelical, o Anjo Gabriel me falou que aquela filha "gerada" em meu coração era filha de Deus. E foi assim que me senti pai de verdade, sem máculas e sem exigências para que minha filha atendesse às minhas expectativas, fazendo com que me sentisse confortável dentro do mundo dos outros.

Agora havia aprendido que ela precisava se sentir confortável dentro do mundo dela, e que eu deveria apenas segurar a sua mão.

Quando fui encontrá-la pela primeira vez em sua forma feminina, levei-lhe flores, e escrevi um cartão no qual falava do meu amor por ela. Escolhi os mais belos botões e, "em trabalho de parto", peguei o elevador e subi onze andares.

Contrações intensas na minha alma dilatavam o meu ser para que ela viesse ao mundo plena e saudável, como veio mesmo.

O elevador parou. Desci e caminhei em direção à porta do apartamento. Toquei a campainha, a porta se abriu e, ao me ver com as flores nos braços, ela caiu em pranto. Essa admirável sensibilidade das mulheres...

De minha parte, a bolsa de lágrimas amnióticas se rompeu e lavou a minha alma.

Nos abraçamos e ela nasceu, em um parto sem dor nem rejeição. E foi crescendo e se sentindo cada vez mais forte.

Hoje ela anda pelo mundo das próprias escolhas, sendo feliz. O caráter não mudou; segue íntegro e produtivo.

A condição sexual, a cor da pele, o uso de *piercings* e tatuagens não definem o caráter de ninguém.

Quanto a mim, prossigo pelo mundo contando a minha história, tornando-me pai de muitos órfãos homoafetivos e "trans" lamentavelmente rejeitados por suas famílias.

Quanto ao Anjo Gabriel, de vez em quando ouço sua voz em meu ouvido: "Acolhe os filhos de Deus, amando a essência de cada um".

Em uma manhã, recebi uma ligação do meu filho, que me contou que estava sendo submetido a um tratamento psiquiátrico porque havia se aceitado como mulher "trans".

Após a notícia, um silêncio em minha alma. Fui asfixiando a herança da educação machista e preconceituosa recebida na minha infância.

As primeiras palavras que proferi foram: "O que isso muda no amor que sinto por você? Eu te amo!".

posfácio
pais e professores

Às vezes, eles se confundem com a vida dos estudantes, mas o desejo de que o educando possa voar é natural no sentimento desses construtores de asas.

Os professores nos entregam a asa da intelectualidade, e os pais, a outra, a da moralidade e da ética. Essas asas se entrelaçam, se confundem. Ninguém sabe onde termina uma e onde começa a outra.

A altura do voo não depende apenas das asas, mas, primordialmente, do pássaro.

E qual é a rota de voo? Certamente aquela que contemple uma viagem em que se possa levar esperança para todos os corações que cruzarem o caminho dos nossos jovens.

Amanhã, esses pássaros pousarão e construirão os seus ninhos, constituindo novas famílias, e, assim, a história recomeçará.

Os professores nos entregam a asa da intelectualidade, e os pais, a outra, a da moralidade e da ética. Essas asas se entrelaçam, se confundem. Ninguém sabe onde termina uma e onde começa a outra.

A altura do voo não depende apenas das asas, mas, primordialmente, do pássaro.

E qual é a rota de voo? Certamente aquela que contemple uma viagem em que se possa levar esperança para todos os corações que cruzarem o caminho dos nossos jovens.

Amanhã, esses pássaros pousarão e construirão os seus ninhos, constituindo novas famílias, e, assim, a história recomeçará.

construtores de asas

© 2024 by EDITORA INTERVIDAS

DIRETOR GERAL
Ricardo Pinfildi

DIRETOR EDITORIAL
Ary Dourado

ASSISTENTE EDITORIAL
Thiago Barbosa

CONSELHO EDITORIAL
Ary Dourado, Ricardo Pinfildi, Rubens Silvestre, Thiago Barbosa

---

DIREITOS DE EDIÇÃO

Editora InterVidas [Organizações Candeia Ltda.]
CNPJ 03 784 317/0001–54   IE 260 136 150 118
Rua Minas Gerais, 1520 Vila Rodrigues
15 801–280 Catanduva SP
17 3524 9801   www.intervidas.com

DADOS INTERNACIONAIS DE CATALOGAÇÃO NA PUBLICAÇÃO [CIP BRASIL]

S168c

SALLES, Adeilson [1959–]
Construtores de asas: humanizando a relação entre pais, professores e adolescentes
Adeilson Salles
Catanduva, SP: InterVidas, 2024

264 p. ; 15,7 × 22,5 × 1,3 cm

ISBN 978 85 60960 35 4

1. Psicologia educacional   2. Psicologia da aprendizagem
3. Emoção e comportamento   4. Ajuda familiar à educação
5. Relações humanas
I. Título   II. Salles, Adeilson (1959)

CDD 370.15   CDU 37.015.3

ÍNDICE PARA CATÁLOGO SISTEMÁTICO

1. Psicologia educacional   370.15
2. Emoção e comportamento : Psicologia educacional   370.153
3. Ajuda familiar à educação : Psicologia educacional   370.158
4. Relações humanas | Valores éticos : Psicologia aplicada   158.2

EDIÇÕES

1.ª edição, 1.ª tiragem, Set/2024, 3 mil exs.

Impresso no Brasil   Printed in Brazil   Presita en Brazilo

Colofão

TÍTULO
Construtores de asas:
humanizando a relação entre pais,
professores e adolescentes

AUTORIA
Adeilson Salles

EDIÇÃO
1.ª

TIRAGEM
1.ª

EDITORA
InterVidas
[Catanduva, SP]

ISBN
978 85 60960 35 4

PÁGINAS
264

TAMANHO MIOLO
15,5 x 22,5 cm

TAMANHO CAPA
15,7 × 22,5 × 1,3 cm
[orelhas 9 cm]

CAPA
Ary Dourado

REVISÃO
Beatriz Rocha,
Marcia Rizzardi

**PROJETO GRÁFICO
& DIAGRAMAÇÃO**
Ary Dourado

TIPOGRAFIA CAPA
(Linecreative) Chicken Wings
(Latinotype) MultipleSans
SemiBold

TIPOGRAFIA TEXTO PRINCIPAL
(Latinotype)
MultipleSlab Regular 11,5/16

TIPOGRAFIA EPÍGRAFE
(Latinotype) MultipleSans [Regular,
SemiBold] [11/16, 9/16]

TIPOGRAFIA CITAÇÃO
(Latinotype) MultipleSans
SemiBold 10/16

TIPOGRAFIA VERSO
(Latinotype) MultipleSans
SemiBold It 9/16

TIPOGRAFIA TÍTULO
(Linecreative) Chicken Wings
[40/44, 30/48, 168/168]

TIPOGRAFIA NOTA DE RODAPÉ
(Latinotype)
MultipleSlab SemiBold 9/13

TIPOGRAFIA OLHO
(Linecreative) Chicken Wings
14/16

TIPOGRAFIA COLOFÃO & DADOS
(Latinotype) MultipleSans
[SemiBold 9/11, Bold 8/11]

TIPOGRAFIA FÓLIO
(Latinotype) MultipleSans Bold
9,5/16

MANCHA
103,3 x 162,5 mm 29 linhas
[sem fólio]

MARGENS
17,2 : 25 : 34,4 : 37,5 mm
[interna : superior : externa : inferior]

COMPOSIÇÃO
Adobe InDesign 19.5
[macOS Sonoma 14.6.1]

PAPEL MIOLO
ofsete Sylvamo
Chambril Book 75 g/m²

PAPEL CAPA
cartão Ningbo C1S 250 g/m²

CORES MIOLO
1 × 1: Ciano escala

CORES CAPA
4 × 1: CMYK × Ciano escala

TINTA MIOLO
Sun Chemical SunLit Diamond

TINTA CAPA
Sun Chemical SunLit Diamond

PRÉ-IMPRESSÃO CTP
Kodak Trendsetter 800 Platesetter

PROVAS MIOLO
Epson SureColor P6000

PROVAS CAPA
Epson SureColor P6000

IMPRESSÃO
processo ofsete

IMPRESSÃO MIOLO
Komori Lithrone S40P
Komori Lithrone LS40
Heidelberg Speedmaster SM 102-2

IMPRESSÃO CAPA
Heidelberg Speedmaster XL 75

ACABAMENTO MIOLO
cadernos de 32 e 8 p.,
costurados e colados

ACABAMENTO CAPA
brochura com orelhas,
laminação BOPP fosco,
verniz UV brilho com reserva

PRÉ-IMPRESSOR
Gráfica Santa Marta
[São Bernardo do Campo, SP]

IMPRESSOR
Gráfica Santa Marta
[São Bernardo do Campo, SP]

TIRAGEM
3 mil exemplares

PRODUÇÃO
setembro de 2024

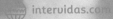 intervidas.com   intervidas 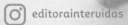 editoraintervidas

 adeilsonsallesoficial
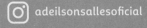 adeilsonsallesoficial

Ótimos livros podem mudar o mundo.
Livros impressos em papel certificado FSC® de fato o mudam.